松尾スズキ
Matsuo Suzuki
矢印
文藝春秋

矢印

I

午前四時過ぎ。リビングの床で、喋っていたかと思ったら突然眠りについた半裸のスミレは、さっきまでの剣幕を思えば、

「可愛らしくてしかたないじゃないか」

ともいえる衣擦れのようないびきをかいている。それをぼんやり聞きながら、俺は、今宵お互いがさんざんやりあった醜いやりとりを「二人が正気に戻ったときに少しでも自分が有利な立場になれますように」という卑しい願いでもって、頭の中で整理しようとしていた。夫婦でけたたましく罵り合いながら四〇本はタバコを吸ったと思う。今、目を閉じたスミレの姿は靄《もや》がかかっていて、その周辺だけ切りとれば八〇年代に流行った幻想的な

広告写真みたいな雰囲気にも見えるが、タバコの煙の残り香は目に染み、鼻の奥はツンと苦く、ムードなどない。一切ない。

頭の中で再生されるのは、家の裏手に住むジジイの、我が家から出たちょっとした騒音に対するいつものクレームに、スミレが「ジジイを家の中に招き入れて話をしよう」と提案し「いや、今我が家を見せれば、もっと不幸な結果になる」と俺が抵抗したのをきっかけに展開された、お互いの「世間体の正体とはなにか」あるいは「ジジイとはどういう生き物か」という、世界の捉え方に関する本質的な議論と、そこから派生する相手の言葉の揚げ足をただとりあった小賢《こざか》しいマウントの奪い合い。それらを聖と俗といったように引き離して考えようとするのだが、その二つは、格が違うふうに見えてもしょせん同じ人間から出たもので、根は一つであり、赤と黒、二つの粘土をこね合わせて作ったいびつな風体のトルソーを、元の赤と黒の粘土に分け戻すのは限りなく難しいように、分別不可能なのであるということに気づき、俺は考え続けるのをあっさり放棄したのだった。

そもそも問題はジジイにはない。ジジイはただ死ぬまでの余白の多さに困惑し、俺たちともつれている時間をカジュアルに楽しみたかっただけ。本人は死んだババアの遺影の横でとうに眠って忘れてもう起きる頃だ。その話がなぜ、こちら側の負の遺産として夜明けまで持ち越され、ジジイ不在の揉め事になる？　その不毛に大きな問題がある。

いやいつもそうだ。そうじゃないか。細部じゃない、全体をとらえろ。

本当はもっともっと口にしたくないような、恐ろしい問題がある。スミレの思い描く身の破滅を招きかねない劇画チックな野望にけりをつけなければ。

俺は、両手で頭をもみ、椅子の上にさらに浅くだらしなく座って、もう息をするだけでもタバコを吸っているのと同じくらいリビングのニコチン濃度は高いというのに、さらにマイルドセブンに火をつけ、ゆっくり吸って、もっとゆっくり吐き、放電するように静かにしてみた。今の生活において、静けさというものには一〇分で二万円ぐらい払いたいほどの値打ちがある。おかげで脳と頭蓋骨の間に少しだけ隙間が現れ、そこから浮かび上がってきた事実のしっぽをかろうじてつかむことができた。

言い争いは「いつものように」繰り返されているように見えても、その頻度は週三から週五ぐらいの割合で増えていて、互いの傷は癒える前に絶えず新しい傷で更新され、かさぶたの下にすえた臭いのする膿《うみ》がたまり始めている。つまり、二人の姿は順調に、結婚した三年前に思い描いた未来とはほど遠い、ひどい有り様になって来ているということだ。

スミレよ、もう、引き返すことはできないかな！

でも、それは間違いないのだ。俺は指が焦げそうなほどタバコを吸ってから、二人の吸い殻がうずたかく積まれたバケツ型の灰皿の中にねじ込んで、おのれに対してせせら笑った。これでは、自分たちのたたずまいの醜さの重みに自分たちが耐えられなくなって崩れ落ちるのは時間の問題だった。早ければ年内中に別れなくては致命的な暴力沙汰になるだろう。大怪我をするのはどちらだ？　可能性は五分五分。いや、もう、暴力はとうの昔に芽吹いている。昨日も俺が投げたワイングラス（彼女が飲んでいたものだが）はスミレの鼻先をかすめてキッチン方面の壁で砕け、破片が床やシンクにまで散らばり、中に入っていた赤ワインは、ぶつかった箇所を起点として斜め上方に飛び散り、大気圏に突入し轟々《ごうごう》と燃え尽きんとする流れ星のような染みを壁紙に描き、その飛沫は、一メートルほど上にピンで止めてあった南国の海辺を描いたわたせせいぞうの絵葉書にまで及んでいた。なんで自分はわたせせいぞうの絵など居間に飾っているのだろう。それは今どうでもいい。見ようによって、この染みは事件。視覚的には、暴力の思い出。と言われてもしょうがない。後悔はなかった。それに値する人間性の薄汚さをスミレに感じてやった行為だったからだし、それでもまだ言える、愛していると。

　だが、彼女が目を覚ましたら、俺の狼藉の証拠である赤い染みと、散らばったガラスの破片について、また終わりの見えない罵り合いが始まるだろう。椅子に座ったまま床の惨状をつぶさに見ると、彼女が大切にしていたジェームズ・アンソールの画集の表紙にまでワインは飛び散っており、俺は舌の根がつるほど思い切り舌打ちした。これが、また新たな戦いの火種になること請け合いだが、もう、画集を拾ってその染みをなんとかしようという具体的な力は、あるいは情けは、自分には残ってなかった。愛していても？　と、スミレは言うかな？　でも、愛は全体であり、情けは細部で、今は細部の話をしている。

「この画集、よっぽど古本屋とかまわらないと手に入らない大事なやつなんだけど、あなた、なにしてくれてるの⁉」

　まあ、仮面ばかり描きたがるベルギーの変人の画集をめぐる最初のジャブはそんなものだろう。考えるまでもなく迎撃の言葉は溢れ出す。

「大事なものなら、床に置かなければいいだけのことだよね。床を見ろよ。おまえが、組木張りのレトロモダンがいいと言うから、三〇万かけて張り直し、ワックスをかけてさしあげた床だ。そこには、新聞のチラシ、バッグ、すでに着たTシャツ、絶対着ないTシャツ、なんだかわからない紙、そういうのが永遠にあって、通販で買った巻き貝だっけ、ほら貝だっけ、まあそういった形の卓上ランプ？　もう、割れてしまったけど、それが入っていたダンボールの中のわしゃわしゃした緩衝材……。大事なものとそうでもないもの、まあゴミだ、そういうものを一緒にしておくなら、それは結局大事なものとは言えないね」

「あなたって人は……」あきれるふりをして、スミレは考える間を作るだろう。「とりあえず謝るってことすらできないの？」

「できなくはない。でも、とりあえず謝るなんてのは不誠実であり、おまえのためにならないから絶対に謝らない」

そこいらを口火に展開される、悪罵の見本市。「俺の電卓に赤ワインをこぼして故障させても謝らなかったおまえに謝る筋合いはない」というカードは、もう少し後にとっておく。ゆゆしき事態だ。俺は電卓がなければまともに数が数えられないのだ。それらの応酬が脳裏で実にリアリティを持った流暢さで展開していくさまはおのれが預言者のごとく感じられておもしろい。確かにこの家では大事なものとゴミのようなものがごっちゃになりすぎている。そして、その混沌こそがこの家の災いの象徴であることも薄々わかっている。大事なものは大事な場所にあるべきだ。それが、具体的なものであろうと、メタフィジカルなものであろうと。だが、二人ともそれをそうしない。つまりかたづけない。なんのためかわからないが、カオスのまま戦いたい。三年という歳月で培った妙な意地があった。スミレ、その意地こそなんなのだろうと思うよ。だから、俺は画集の染みに手を施さず、それが今後どういう劣化現象を起こし、自分に災いとして降り掛かってくるのか、マゾヒスティックな実験を舌なめずりしながら行っているのである。そこまで考えて俺はかぶりをふった。

バカな。もうやめておけ。もっとほかにあるだろう。生産的な何かが。

カラスが騒がしい。もうきっと、ジジイは潑剌と起きて我が家の玄関前の集積所にゴミを出しているのだろう。なぜうちの前なのだ、腹立たしい。ジジイはみかんが好きなので、ゴミ袋には一週間分の皮が詰まっている。数十分後にはカラスにつつかれ、我が家の前の通りには、ひからびたみかんの皮の花が咲き乱れるだろう。気にすることはない。我が家の玄関先にいくつも置かれた鉢植えの観葉植物どもは、すべて枯れ果ててしまっているのだから。似合わないことはない。醜態が常態。ゴロがいい。

それにしても、なぜ、こんなに酒を飲むんだ、スミレ？ 俺は床に転がった三本の赤ワインの空きボトルを見てため息をつく。いや、合間に一息、ビールも飲んでいるはずだ。一本や二本じゃない。記憶の中に上唇に白ひげの泡を付けたおまえがいる。

初めに飲ませたのが誰か、それだけははっきりしている。俺だ。新宿の映画館の三軒隣のバー。それが始まりだった。おまえは、飲めなかったのだから。

しかし、なぜ、こんなに。こんなに飲めとは言ってなかったんだ、スミレ。

なぜなんだ⁉

それをうっすらでも口に出したのか、頭の中で思っただけなのか。疲れ果てていてそれすら自分で判別できなかったが、彼女にそう問うた。起きていたら、どう答えるだろうか。

「それに答えるにはひとまず酒が必要ね」。いや、そこまで気の利いた答えは出ないか。

答え……。

そういえば、俺は二〇代後半から三〇にかけて、クイズばかり考えて過ごしていた。もちろん仕事でである。アメリカ大陸を発見したのは誰でしょう？　コロンブス？　アメリゴ・ベスプッチ？　不正解。先住民だ。先住民はアメリカ大陸に湧いて出たわけじゃない。たいがいのやつは、これにひっかかる。

俺は雑誌や洋服のカタログ、あまたの請求書領収書、コカコーラより安く買える飲みかけの缶チューハイ、握りつぶしたタバコの空き箱などで作られたアウトサイダーアートと化したテーブルに、無理やりスペースを作って頬杖をついた。なにひとつテーブルから落とさずに！　疲れた自分には繊細な作業だった。「なせばなる、なさねばならぬなにごとも」の諺《ことわざ》を残した米沢藩の藩主の名は？　上杉鷹山。……正解。

これで、ゆっくりスミレの顔を眺めることができる。

ヤニで黄色くなったレースのカーテン越しにじょじょに明るさを増してゆく陽光でより夫婦の醜態があらわになってきたリビングの床で（顔の直ぐ側に割れて尖ったグラスの破片があるにもかかわらず）、大の字になって眠っているスミレの額から鼻にかけての美しい稜線を、空中で絵を描くように指でなぞってみる。あの鼻の反対側には古い傷がある。

それがリビングの中央にある大きな姿見に映っている。かなり目立つじぐざぐの縫い傷。あれは、ないよな。と、俺は口を曲げる。もっとちゃんとした治療法があったはずだ。姿見にはスミレの傷と同じように大きなひびが入っていて、それをガムテープで不器用に塞いでいる。割ったのはスミレ。塞いだのは俺。これももっとキレイな塞ぎ方があったはずだ。

俺は師匠のことをまた思い出そうとしていた。

今なら、この女をスムーズに殺せる。今座っている椅子を頭に向かって振り上げて二、三度振り下ろすだけだ。ちょっと体をそらせば作り付けの棚に手が届き、その引き出しからカッターナイフを取り出し、髪の毛を摑んで喉をかき切れる。二メートル歩けばキッチンの流し台に乱暴に放り込まれたステンレスの包丁を手にとって、肋骨と肋骨の間を狙って胸に突き立てることもできる。二階まで足をのばせば、ベランダに出て洗濯紐を手に入れ、それで首を締めることもできる。床に寝転び、首に紐を巻き、肩に両足をかけ一気に両手で引っ張れば確実にとどめを刺せる。

やめろやめろ。やめろやめろやめろやめろ。

とめどなく湧き上がる殺しのイメージを打ち消したくもあって、俺はしゃにむに師匠のことを思うのだった。

大学在学中から、ラジオやテレビの構成の仕事で、もうすでに普通のサラリーマンの二倍ほどのギャラを稼いでいた師匠は、二〇代なかばにして一日で七〇〇ミリリットルのバーボンを一本、休みの日には二本空ける男になっていた。その日ぶらりと入った酒屋の中で一番安いフォアローゼズを数本買い、湯のみ茶碗にじゃぶじゃぶ注ぎ、やかんからお気持ち程度の水道水を足して、かき混ぜもせずにうまいうまいと飲んでいた。アテなどなくても延々飲んでいられるのだった。まだ二〇歳になったばかりの放送作家見習いの俺は、グラスに注がれた酒に積極的に口をつけることはなかったし、師匠は酒を無理強いする人間ではなかった。それでも西新宿のアパートに二、三人の後輩仲間とともにしょっちゅう呼ばれ、師匠が大好きだったジョン・ウォーターズらのカルト映画や中南米の小説の話をしたり、音声を消した『七人の侍』のビデオにみんなででたらめなアフレコをしたりして、げらげら笑って過ごした。時間が深くなると師匠は、カセットテープに録音したタイ人のバンドをコピーするカナダのロックバンドや、エチオピアのジャズのレコードなど聞いたこともないような音楽を聞かせてくれた。そういえば、皆テレビの仕事をしているのにテレビの話は一切しなかった。

2DKのアパートを中心とした酒宴は早いときには夕方の四時位から始まり、そういうときは、夜の一二時位まで師匠は正気を保っていられた。それを過ぎると、師匠はいろんなバージョンの酩酊ショーを見せてくれるのだが、決して説教やからみ酒などネガティブな方向に向かわないのが救いだったし、口にはしないがそれを酔っ払いの矜持としているようだった。俺は明け方の五時頃、師匠が酔いつぶれて、砂の嵐になったテレビの点滅する光の中、酒瓶でできた密林の中に足を突っ込み、そのままベッドの上に転がり込んでぶっ倒れるのを見届けてから、笹塚のアパートまで自転車で帰った。途中で必ず水道道路沿いにある二四時間営業のマニアックな品揃えで有名だったビデオ屋で、師匠が勧めてくれたニュージーランド製のブラックジョークに満ちたパペット映画や、ブスな女がむごい目にばかりあって、まったくヌキどころのない企画モノのAVなどを借り、それを見終えてからようやく寝るのだった。

ビデオ屋から六畳のアパートまでの、朝日に染まり始めた水道道路の青いフィルターがかかったようなうら寂しい景色を未だに鮮明に思い出す。ウォークマンから聞こえるのは、デビッド・ボウイの「スターマン」。目の前に広がる景色は、酒宴の名残が全身にしがみついている自分には、ここからなにかを読み取れ、とお題を出しているように見えてしまうのだが、寂寞とした気分以外何も感じ取れず、自分の若さ、なにもなさにバカにされているように思えて、毎度それを振り切るように自転車を必死で立ち漕ぎして帰った。もっとおもしろい人間になりたい！　師匠のアパートから帰る自分の頭の中はそれでいっぱいだった。師匠の話やそれにリアクションする仲間はいつも悔しいほどおもしろかった。だが、後半の酩酊ショータイムでは言葉は意味をなさなくなり、まったく自分にとって「死に時間」。その損を取り戻したくて、睡眠時間を削り飢えたように好きなビデオを見て、なんとか自分の一日の帳尻を合わせていたのだった。「師匠、どうか今日も寝小便をしませんように」なんとなくだが、一度はそう祈って眠りについた。寝小便など多分しないのだが、酒宴のエンディングに向かう師匠の弛緩しすぎた表情はいかにもこれから寝小便をしますよ、という予感に満ちていたのだ。そのときだけ、師匠に勝ったような気もしたのだが、今にして思えば「死に時間」などなかったのだ。あれだけ知識に裏付けられたおもしろい話をしていた人間がその数時間後には、さまざまなバリエーションの痴態をさらせてしまうという人間という生き物のレンジの広さ、それを体感することこみで、修業の時間だったのに。

いつだって、遅いのだ。気づいたときは、いつだって。

三〇歳を超え、師匠は突然ウィスキーに飽きて、飽きたとなったら徹底的に飽きる人なので、湯のみ茶碗から背の低いグラスに変え、ジンを飲むようになった。氷を入れるときも、入れないときもあった。ライムもときどき絞ったが、ソーダで割るようなことはまずなかった。

その頃になると、仕事の現場にも、なにかこじゃれたふうの英語の文言が彫られたステンレス製のポータブルのボトルを持ち込み、会議中にちびちびやっていた。「その方がアイデアが出やすい」と言われれば、プロデューサーでさえ注意はできないほど師匠は売れっ子だった。そのうち、それを真似するものが出てきたが、師匠のように斬新なアイデアを思いつけるやつは皆無で、誰もが思いつきの与太話をし、舌がもつれ始め、場はただの宴会場と化し、結局、半年ほどでディレクターがぶち切れて、師匠以外会議中の飲酒は禁じられた。

それでもやめられず、隠れて飲むやつがいた。そいつは山城という、ちょっと太りすぎてはいたものの、弟子仲間の中でもかなりおもしろい男として一目置かれていた。山城はジンを飲んでいるうちにジンに飲み込まれてしまった。会議中の隠れ酒を見つかり、番組を降ろされ、多方面に迷惑をかけた挙げ句、一年後に身体を壊し幻覚まで見るようになって、家族の手で精神科病院の閉鎖病棟に叩き込まれた。

酒は、合わない人間には手厳しい態度をとる。ジンは師匠の肝臓に合っていたようだ。

合いすぎる、というのも、その後の顚末を考えるとまた別の角度の手厳しさもあるわけだが。

師匠いわく、

「ボトルの中にたっぷりの白砂糖を入れていたから冴えてるんだ」とのことで、一度だけ口に含ませてもらったが、自分には47度というアルコール度数はパンチが強いし甘すぎるし、ガムシロップのようにとろみがついていて、とても飲めたものじゃない。アルコール依存症の人間は酒の種類や味などどうでもいい、と聞くが、その頃の師匠は、こうと決めたら別の種類の酒には手を出さなかった。だから、そうではなかったのだと思う。少なくとも師匠はとてもうまそうにジンを味わって飲んだ。赤いコートの男が槍を持っているラベルのやつだ。ボトルが空になると、師匠は隣に座ってメモを取っている俺にそっと差し出した。俺は、さっそくそれをカバンに入れて会議室を出てトイレに駆け込み、空になったボトルにジンを注ぎ足し、思い切りシェイクして底に沈澱した砂糖と馴染ませ、師匠に返した。そして、仕事が終われば、もちろん、代々木上原に見つけたジン専門のバーや、家に帰るなりして、我々がいてもいなくても、師匠は本格的に腰を据えて飲み始めるのだ。

師匠の家に下北沢の雑貨屋で「観賞用」として売っていたマジックマッシュルームを買ってきたやつがいた。単純にマトリがその存在に気づいていないだけで、大麻よりたちが悪い幻覚剤なのにひとときだけ合法で日本に出回っていた時代だ。ビニール袋に「これをどう観賞しろと？」というような干からびた老人のペニスを思わせるキノコが数本、それで八〇〇円。全員が一袋分のキノコを口に含み、おのおの酒で喉に流し込んだ。それは、だいたい三〇分ほどで効き始めた。できたてのカップラーメンの見映えに驚異的な美を見出すもの。左手がぐるぐる回って止まらなくなるもの（そいつは元キックボクサーだったので、皆で押さえつけるのが大変だった）。ただ、吐いて苦しむもの。俺の場合、皆に遅れ、五〇分ほどして体の芯がしびれ始め、鏡で見てわかるほど黒目がぶれぶれになり、三分に一回の割合で自分がどこにいるのかわからなくなった。師匠の家にいるのに、なぜか、ときどき、子供の頃家族で行った行楽地の流しそうめんの店にいるような気分になり、ない箸でないそうめんを摑み取ろうとしてみんなに爆笑されていた。最後の方は、師匠の額の真ん中に四角い窓が開いて、そこからビーチパラソルの立った南国の海辺の、わたせせいぞうが描いたような明瞭な色彩のイラストが見えたりした。それを指摘すると、「バカだなー」と師匠は笑うのだった。師匠にうけたのが嬉しくて自分も笑った。ああ、思い出した。その幻覚とまったく同じ絵を数年前、どこかの町の雑貨店で見かけ、思わず買って今の家の壁にピンで止めたのだ。投げつけたワインの飛沫が飛んだのは、あの楽園だ。

師匠は――。師匠にはなんの効果もなかった。そもそも期待もしていなかったようにも見えた。

「酒のほうが、うまい分いいや」

そう言いながら、次々にグラスをかさね、珍しく自分よりばかばかしい有り様になっている後輩たちをにやにや笑いながら見ているだけだった。

マジックマッシュルームはその後、政府に麻薬指定され日本から姿を消した。

「まあ、キノコやってたからって、最終的に閉鎖病棟にぶちこまれることはないんだけどなあ……」

テレビのニュースを見て少し苦い口調で師匠は言った。キノコより酒のほうが危険だと言っているのであり、師匠の飲酒のグルーヴに巻き込まれ閉鎖病棟にいる山城に対してそれなりの罪悪感を持っているようにも思えた。もちろんうまそうに酒を飲みながら、であるが。


師匠には女の気配というものがまるでなかった。簡単な掃除は我々が交代で入っていたので不潔ではないにせよ、壁には不気味な南洋の仮面がいくつも飾られ、酒瓶とビデオと本とCDとレコードで、足の踏み場もないような師匠の部屋に来たがる女はどこにもいないだろう。せいぜい、トイレの壁に便箋サイズのピンナップが貼ってあって、それは黒人の男とエキゾチックな顔をした白人の女のスナップ写真だったのだが、なんとなく「師匠はこういう顔の女が好きなんだろうな」と、思ったぐらい。そういえば、マッシュルームが決まっていたとき、トイレにいくたびその女がポスターから少しだけ浮き出して、俺に何かを耳打ちして教えようとしていたりした。そんな気がしたのを夢うつつの状態で覚えている。

ただ、年に二、三度師匠は「出かけてくる」と姿をくらますことがあった。プライベートを気にされるのをとにかく嫌う人なので、誰も行く先を聞くことはないし、なぜだかうまく言えないが、姿をくらますのが似合っている風体なので、皆「ああ、またか」と思うだけなのだった。妙なのは、ある日ふと気づいたことだが、師匠が帰ってくるたびに壁の仮面が増えているのだ。いずれも顔に奇怪な入れ墨を入れた人間の仮面で、その目つきは、どれもこれもかなり怒っているように見えた。

やがて師匠は、その日の仕事はその日のうちに忘れるようになった。師匠が会議で発言したアイデアは、弟子である俺たちがすべてワープロや売出し始めのラップトップのパソコンで書き起こしていたので何の問題もなかったのだが、我々夫婦と同じように、「いつもどおり」に見えた師匠の飲酒も、三〇代になると、ゆるやかなグラデーションを描きながら、不穏な様子を見せ始めた。いつも一緒にいればわかる。少しずつ少しずつ、師匠は日常的にたがの緩んだ人間になっていった。あらゆる記憶の思い違い、机の上に延々放置され続け変容をとげていくサキイカ、度重なる遅刻、ありえないような迷子、酒をグラスからこぼす頻度、部屋の中で何度もつまずいたり、トイレで眠ったり……今まではなかったささやかな人としての機能の不具合が、俺たちの「まだ大丈夫だろう」という感情を「もう持ちこたえられないかも」という黒々とした不安に変えていったのだった。

47度のジンは一日一本、というわけにはいかなくなった。

周りの連中が言うように、師匠は若くして死ぬだろうと俺も思っていた。だが、酒量を注意することはなかった。絶縁されるに決まっているからだ。一度だけ、別の後輩が酒量をたしなめたとき（それも極々軽めで低姿勢な口調であったが）、師匠は彼の顔に唾を吐いたのである。顔を殴られる人間は見たことがあるが、唾をかけられた人間を見るのは初めてだった。優しい人ではあったが、酒についてとやかく言われるのを嫌った。

とはいえ、肉体的には師匠は健康だった。師匠は会議中におそらく一〇〇グラム以上の砂糖を消費したが、糖尿病などになることはなかった。糖分の入っているものを他にほとんど食べていなかったからである。それはそれでどうかと思うという話だが。

それでも心配だった。

二〇歳のとき、高卒であるにもかかわらず、放送作家のマネジメントプロダクションのアシスタント募集にうかった。若くして社の重要なポジションにいた師匠の推薦によるものだった。俺のつたない作文を妙に気に入ってもらえたのだ。

小学生の時、水泳のクラスで溺れ死んだふりをして、それが想像を遥かに超える大問題になって、それ以来地元の人間と目を合わせられない人間になった俺は、高校を卒業するや目的もなく東京に飛び出した。だが、なんの仕事についても長続きせず、家賃も滞納し、そろそろホームレスになる準備も心せねばならぬ、というような顚末を「少年水死体事件」というタイトルの作文にして提出し、師匠におもしろがってもらえた。それ以来、ずっと師匠の後姿を追いかけていた。四つしか違わないのに、師匠は師匠以外の何物でもなかった。何も言われていないが俺はわかっていた。自分が一番かわいがられていることを。俺は仕事よりかわいがられることに誰よりも必死だったからだ。実際、弟子筋の中で唯一師匠の家の合い鍵を預かっているのは俺だった。

ただ、やはり師匠は、三五歳になる前に、肝臓を駄目にするか、なにかの事故に巻き込まれて死ぬだろうとは思っていた。実に冷静にそう考えていた。そのころ曙橋の2LDKのマンションに住んでいた師匠が、仕事部屋にしていた六畳ほどの部屋は、ジンの空き瓶を集めて築き上げられた未来都市を思わせる巨大なインスタレーションアートの様相をていしていて、そこでは仕事にならないので、いつも歩いて一〇分の距離にあるサイゼリヤにステンレスボトルを持ち込み、ワインを飲むふりをしてジンを飲みながら、ト書きやセリフを思いつくままに喋り、俺は、例によってそれをワープロで台本の形に清書し直し、笹塚のアパートに帰って局に送った。ぴーひょろろおお。電話回線でネットに繋がりメールで原稿が送れる、パソコンに進化する寸前の最大限の能力を搭載したワープロだった。もうこれ以上の仕事はワープロには無理です！　ぴーひょろろおお、は、断末魔のように聞こえた。

師匠はその頃、ラジオとテレビの構成、雑誌のコラムなど大量のレギュラー仕事を抱え、そのすべてを飲みながらこなしていた。傍目《はため》には絶好調である。俺は、それらの仕事の口述筆記や、師匠がうけた映画のノベライズの仕事のゴーストライターをやったり、師匠がチーフで構成するテレビのクイズ番組で大量のクイズを作る仕事を任されていた。クイズの量が勝負の番組で、俺は手当たりしだいにクイズを集めなければならず、朝から晩までネタを探すことが常態化していた。世界三大料理は？　中華、フレンチ、トルコ料理。なぜか皆、中華、フレンチと言った後、和食や、タイ料理と間違うが、日本人には馴染みのないトルコ料理が正しい。地球一血圧の高い動物は？　これは、キリン。心臓から脳までの距離が長すぎるから。サハラ砂漠のサハラの意味は？　答えは砂漠。つまり『ロリータ』のハンバート・ハンバートみたいに砂漠砂漠と呼ばれているようなもの。などなど。

俺と同じようにクイズのネタを漁っていた弟子仲間は師匠の死に方まで隠れてクイズにして遊んでいた。

師匠はどうやって死ぬでしょう。

1・体を壊して

2・階段、あるいは駅のホームから落ちて

3・喧嘩に巻き込まれて

師匠はついに昼から本格的に飲み始めていた。止めることはできないとわかっていた俺たちは、そうやって遊んででもいなければ不安でたまらなかったのである。

とはいえ、全問不正解。

師匠は三四歳の夏、自宅のマンションの玄関のドアノブで首をくくって死んだ。発見したのは俺だ。

ある日、テレビ局のプロデューサーから師匠が三日ほど電話に出ない、家に行って確認してくれ、と連絡があった。どんなに酔っていても電話には出るし、留守電には必ず返事を返した人だった。いつも明るい感じで。明るいことを大事にする人だった。俺は例によって師匠のゴーストで映画のノベライズを部屋にこもって書いていたため、たまたまその三日、師匠と連絡をとっていなかったが、知らせを聞いた途端「死んだな」と直感した。「出かけてくる」という失踪のお知らせも受けていない。かんべんしてくれ、と思いながら師匠のマンションまで自転車で行ってドアの鍵を開けた。むせるようなジンの香りや、すえた感じのフルーツ臭とともに、ドアに引きずられるようにしてうなだれた師匠の上半身がずるずると出てきた。

そのとき、とっさにこんなクイズを思い出した。

ダンカン・マクドゥーガル博士の研究では、人間の魂の重さは何グラム？

答えは二一グラム。

博士の説によれば、師匠は二一グラム減って、ドアノブに首を革のベルトで接続させていた。そのうなじはあまりにも白く、脈などとらずとも明らかに死んでいるのがわかった。死にたて、という感じでもなかった。おそらく連絡の取れなくなった三日前には死んでいたのだろう。俺はまず警察に携帯で電話をかけた。殺された、と思ったからである。なにかのトラブルに巻き込まれたと思ったのである。でも、誰が殺す？　そういえば、師匠は現金を大量に部屋に持っていたはずだ。二ヶ月ほど前、酒宴の席で一〇〇〇万円の札束を二つほど見せびらかされたことがある。そうだ。師匠は我々に見せびらかすだけのために銀行から大金をおろすようなことを平気でやる人だった。見せた後は、さっさと興味を失ったように、キッチンの流し台の下の物入れに放り込んだ。それを見たのは俺ともう一人の弟子。でも、まさか。やつは鍵を持っていない。俺は、師匠の遺体と対面しているのがいたたまれなくなり、遺体をドア越しに膝で押し込み、一階の部屋だったので誰も見ていないのを確認してドアをしめた。師匠の身体に押され、ドアの向こうで玄関まで溢れていた空き瓶がガシャガシャと移動する音がした。嫌な音だった。あの時もそうだ、俺は、大事なものとそうでないものを、ごちゃ混ぜにしてしまっていた。俺は買ったばかりの三キロもあったごついパソコンの入ったリュックを背負ったままドアに寄りかかり、ズルズルと地べたにしゃがみこんだ。そしてタバコに火をつけて深く吸い、電話をかけた。山城が出て「すぐ行く」と言って、一方的に電話を切った。山城は半年前に閉鎖病棟から（我々の数倍以上健康になって）見事生還を果たし、それから一月ほどアメリカで暮らした後、職場復帰していたのだ。師匠が札束を見せびらかしたとき、俺と一緒に部屋にいたのもこの男である。たまたま近所に住んでいた山城は、すぐに到着した。

「警察が来る前に中に入ろう」

山城はマンションに来るなりせわしなげにそう言ってドアを開け、その日二度目に登場した師匠の亡骸を一瞥し「あーあ！」と天を仰いだ後、サンダルを脱ぎ、ずかずか部屋に入って、酒瓶や雑誌の山を押しのけ、かきわけ、流し台の開き戸を開け、「つ、つ、、」と、苦しげな声を出しながら必死に手を伸ばし、その奥から、以前見た広辞苑の一・五倍位の嵩《かさ》の札束を取り出した。「自殺だな」山城は言った。札束は以前見たときと同じ、紙帯で十字に固く封をされていた。

「他殺なら、この金はさすがに無いはずだろ。奥にもう一〇〇〇万、ちゃんとあるし」

そう言って山城は玄関で呆然としている俺に札束をポンと投げた。その眼差しの奥には三年も閉鎖病棟で隔離生活という修羅場を乗り切った男の醒めた達観があった。札束はずっしりしていた。俺は初めて一〇〇〇万円というものを手に持ったのだ。説得力のある重量感だった。そのとき、パトカーのサイレンがうっすら聞こえ始め「待て待て待て」と言いながら俺は背中のリュックにそれを必死に押し込もうとした。頭越しの不自然な姿勢なので難しい。「なにやってんだよ」と言いながら山城が戻って来て、すでにパソコンでパンパンのリュックに無理やり札束をねじ込んだ。その間、俺の身体がドアにぶつかるたびに師匠の身体が揺れる。うなじしか見えないポジションでよかった。

「病院から出てきて半年酒飲まないでいられたら部屋にあるものなんでも持っていっていいって、師匠が言ったんだよ。な。だからいいんだよ。残りの一〇〇〇万残しておくだけでもだいぶ善良だよ。しかも、これはおまえと山分けだ」

山城はもちろんシラフでそう言って自分でうなずいた。俺もそれでいいと思った。この部屋には、師匠が死んでいることも含めて、今スミレといる家とは別の種類ではあるが大きめのカオスがある。そのカオスの中では、空き瓶も一〇〇〇万円のお宝も同じ価値であるような気がしたからだ。

「家族の連絡先とか知ってる?」俺は聞いた。

「知ってるわけないだろ? そもそも家族がいるのかどうかもあやしいよ……。自分のことなんにも喋らない人だからな」山城は、実に冷静に言った。確かにそうだった。酒に溺れに溺れて、麻原彰晃のような見てくれだった頃とは、山城は見違えるようになっている。入院生活の後半のモチベーションを肉体改造に注ぎ込み、自分で考案した自重を使った筋トレとダイエットで九〇キロだった体重を六〇キロに絞り込んだ山城は、日焼けサロンにまで通い、ボタン全開の白いポロシャツに白過ぎる歯、長くうねる茶髪、株で一山当てて六本木を闊歩している人種のような風体になっていた。

俺は途方に暮れ「葬式とかどうすればいいんですかね」などと問いたい気持ちで師匠を

見下ろした。そのとき、半袖のシャツを着ていた師匠のだらりと下がった真っ白な左腕の手首に、黒くて細い線が一筋描いてあるのに気づいた。さらに良く見るとそれは矢印の形をしていた。五センチほどの長さだ。一〇年も一緒にいて、なぜ、これまで気づかなかったのだろう。入れ墨？　そう見えた。矢印は手首から肘の方をまっすぐに差していた。よく、左手に細マジックでアイデアの覚書をする人だったのでそれに紛れていたのだろうが、その矢印はしかし、書き込んだものじゃない、はじめに思ったとおり紛れもなく青黒い入れ墨なのだった。

「師匠、いつ入れ墨してたんだ？」俺は自分より半年前から師匠のところに出入りしていた山城に聞いた。

「俺が出会う前からのやつだよ。なんでしてるのか知らないし、聞いてもそんなの教えてくれないだろうから聞かないし」山城はこともなげに言った。

手首の矢印はなぜか俺の顔を指しているような気がした。思わず顔を背けた。師匠の意志とは関係のない忌まわしさを感じた。なぜ？　説明はできない。

そうするうち警察と救急車のサイレンが一段とけたたましい音を立てて近づいてきた。

山城は、しゃがんで、師匠の顔を覗き込んだ。これが最後の別れかもしれないのだ。どんな表情をしているのだろう。好奇心は激しくあるが、俺には恐ろしくてそんなまねはできない。

「師匠……なにやってんすか」

山城は力なく呟き、携帯を出して、カメラで手首の矢印の入れ墨を撮った。「なにすんだよ？」と聞くと「……記念だよ。顔撮るのはさすがにあれだからよ」と言うのだった。記念という言葉が合っているのか、どうなのかわからないが、俺にはやはりとてもそんなまねはできない、と思った。


師匠の机の引き出しから遺書らしきものが見つかったらしい。なので、新宿警察署での取り調べからそうそうにとかれ、新宿中央公園のトイレで山城と師匠の金を五〇〇万円ずつ分けた。山城はそれをさらに二五〇万円ずつにしてズボンのポケットに無理やり押し込んだ。

「おまえこれからどうする？　……仕事の話だ」山城は聞いた。

「師匠がいないんじゃ……やっててもしょうがないかな」俺は答えた。本音だった。師匠もいないのに四六時中クイズばかり探し回る日々は耐えられそうにない。俺は三〇歳になっていたというのに、身についたのは雑学とキーボードの早打ちばかりだった。

「俺は、これをもとでに商売をやろうと思う。まあ、今は静かにしているに越したことはないがね。葬式が終わったら話そう」

山城がそう言って俺たちは別れた。結局、葬式は、血縁だけの家族葬になったらしく、会うのは別の機会にした。そして、師匠とはほんとうに玄関で不意に手首の矢印で差されたきりになってしまったのだった。

その日はそのまま一人で夜の新宿をあてもなくほっつき歩いていた。あてもなく、とはいえ、時折ふと行き当たるのは、師匠にお供した飲み屋、映画館、劇場、ライブハウス……。最後の最後にずいぶん大きめなクイズを残して逝ったじゃないですか、師匠。

「何かヒントをください！」

顔こそ無表情だったが、頭の片隅で願い、心が喚いていた。遺体の第一発見者という気分は、なかば絶望的で、なかばお祭り騒ぎである。ともすれば「当事者」という立場に浮かれそうになる自分を歯を食いしばって押さえていた。迷路に迷い込んだような不安と、カラオケにでも行きたいテンション。その二つが身の内に陰陽太極図のように合わさり混在していた。せめて涙の一つも出ていればいいのだが、あまりに事前に「師匠の死」をシミュレーションしすぎて冗談にもしすぎて、身体の中がやけに乾いている。歩きながら携帯のアドレスに載っている限りの知り合いたちに電話し事の次第を説明した。皆絶句したが、騒ぎ立てはしない。なぜか皆、悲しむと負け、みたいな感情になってしまうのだ。酔うと人の倫理観を試すようなブラックジョークを連発する師匠だったが、これもその中の一つの冗談で、むしろ俺たちは笑わなければいけないのかしら、とすら思ってしまう。

そんなわけないじゃないか。師匠をかいかぶりすぎだ！

浮かれそうになっているのを含めて悪夢の中に入り込んでしまったようだった。新宿の街の色合いが、どうとは言えないがなにか違う。とても違う。そう思いながら、幾人かの腰回りが細すぎる茶髪の客引きをすり抜けた。やつらは賽《さい》の河原で死んだ子供が積んだ石を蹴飛ばすランクの低い鬼に見えた。雨脚が強くなってきたので、とりあえず今週いっぱいくらいをしのげるクイズがぎっしり詰まったパソコンを抱えていた俺は、レイトショーをやっている映画館に入った。演目はなんでもよかったが、それもたまたま師匠が好きでレーザーディスクで何度も見せられた『地獄の黙示録』のリバイバルだった。まだ、師匠の残り香がこうして追いかけてくるし、無意識に追いかけてもいる。それがまた微妙に浮かれさせる。

客席はぽつりぽつりぽつり。

『地獄の黙示録』を見ていると、いつもそうなのだが、ジャングルの奥でデニス・ホッパーの登場シーンが終わり、カーツ大佐が現れた途端、待ってましたとばかりに強烈な眠気に襲われる。そのときもそうだった。

「やっぱりマーロン・ブランドが、何をしたいのかがわからない」

疲れ切っていたせいもあるが、そういうわけでいつものように、いや、いつも以上にぐっすり眠ってしまった。

「……映画、終わりましたよ」

斜め後ろの席から女に声をかけられて目が覚めた。もうエンドロールも終わり、その間にぽつぽついた客も帰って、明かりのついた客席には女と俺二人だけだった。

「ありがとう」と、振り返って礼を言った。

「もう終電ですし」女は眼鏡を掛けていたが、中の上《ちゅうじょう》、クラスの容姿であることはわかった。「寝てるんだろうな、とは思っていたんですけど、エンドロールが終わるまで確信が持てなかったから、待っていたんです。ほんとに寝てたら起こそうと思って」

業界に入ってずっと男たちと一緒にいた。男と仕事をし、男と飯を食い、男と遊んであとは寝るばかりの日々。テレビ局でタレント、女子アナ、女優、目の醒めるような美人をよく目にしたが、生活に女が入り込むすきはなかった。童貞ではなかったが、女に声をかけられることも、かける機会もほとんどなかった。「中の上《ちゅうじょう》」の女に『地獄の黙示録』で寝てしまったのを見られたのが、とても恥ずかしかった。もちろん「中《ちゅう》の上《じょう》」は芸能界にいたらという話で、俺からしたらなかなかの褒め言葉だ。恥ずかしかったが、もう少し会話を続けたい。なぜなら彼女と会話した途端、初めて身体の奥から孤独めいた感情がこみ上げてきたのだ。仲間はいたが師匠を抜きで会ったこともない。会いたいと思ったこともない。師匠がいなくなれば、これまでの関係性は消滅する。俺はきっと新しい生活を見つけるまでの間、誰とも喋らなくなるのだ。今この一瞬、彼女の「寝てたら起こそうと思って」という言葉を最後に。そう思うといたたまれなくなった。なので、高そうなバッグを小脇に抱え、おのが良心による責務は終わった、さあ帰らんとする女を、柄にもなくナンパしてみようと思った。

「少し飲みたい気分なんだけど、ご一緒してもらえませんか？　タクシー代は、おごるよ。悪い提案じゃないと思うけど」

今でも、よく大事な人を亡くした直後のひどい面で、初対面の女にそんな薄っぺらいくどき文句を口にできたと思う。それぐらい頭がどうかしていたのだろう。特に「悪い提案じゃないと思うけど」は、ひどい。だが、どうせ、断られても飲むつもりでいた。「なぜ？」という気持ちを抱えたまま、まっすぐ帰る気になれなかったし、とにかくジンが飲みたかった。それを飲んで飲んで飲んで師匠は死んだ。直接の原因かどうかはわからない。

しかし、死の直前まで師匠と一緒にいたジンの味を、どうにか今日中にちゃんと砂糖など入れぬ形で味わってみたかった。ジンの味には師匠の死に関する大きな情報があるように思えた。そう思いたかった。

女は困惑の色を見せた。

「私、飲んだことがないんです。お酒にあんまり興味がなくて……。主人が飲まない人だったので」そう言って女は断るための方便とも受け取りづらい後ろめたいような顔をした。

「ああ。結婚してらっしゃるんですね」よく見ると、女は俺より五つほど上に見えた。度のきつそうなメガネに黒のショートカット、夏だというのにシャツの襟を首元まで閉め、その姿は全体的に艶やかさにかけるし、疲れているようにも見えた。「失礼しました」俺は一気に興味を失った。

「……そんなことない。失礼では」女は苦笑いした。「『地獄の黙示録』を見る前に離婚してきたんで、失礼ではないです」そう言って左手の甲を立てて見せた。白く形の良い、苦労を知らない女の手だった。その薬指には数時間前までしていたであろう指輪の跡があった。ピンク色のすじだった。

それがスミレとの出会いだった。

「私は今年で三二になるんですけど、主人が、もう、六〇歳になってしまって……一〇年前結婚した五〇歳のときの彼にはそんなことまったく感じなかったのに、ああ還暦か、と思うと、急に老け込んで見えて、容姿もそうですけど仕草とか口ぶりとか、彼の老人的な部分がなんというか、すごくこう私の中でクローズアップされて来て……、子供もいるわけじゃありませんし、なんだかこの老人を看取ることが自分の今後の人生のテーマなんだなという、それは結婚する時に覚悟はしていたはずなんだけど、生活の中で思考停止していたというか、なるべく見ないようにして来たんだなって、そう気づいてから、普通の六〇歳より老けているなこの人、なんてことが、さらに気になって……、ここ半年くらいきついなと思っていたんですよね。建築関係の仕事をしていて、――今もタイに出張中に離婚のやりとりをしていたわけですが――だいぶ贅沢させてもらったんで、ずっと言い出せなかったし、彼を傷つけないようなキレイごとをいくつか考えてもみたんですけど、それも失礼な気がして、結局、あなたが老け込むスピードに対して自分の想像力が足りなかったって、まあ、実際、彼の老化の加速も眼を見張るものはあって、それを一ヶ月前にやっと言えて。それからそれを何度も言って。ずいぶんともめましたけど、結局、私が人生の身幅を誤ったバカだったってことで押し通した形で……」

　映画館から三軒ほど離れた路地にあった古めのバーのとまり木で、初めこそ寡黙で目も合わないような雰囲気だったが、少しずつ、やがてぐいぐいとモヒートのグラスを口に運ぶにつれ、スミレは抑揚がなくいかにも人馴れしてない訥弁《とつべん》でありながらやたらと饒舌になっていった。最初はジンジャエールでいいと言ったが、「モヒートならジュースみたいなもんですよ」と俺が飲んだこともないのに適当なことを言うと、あっさり「じゃあ、それで」と言ったのだった。「実は夫と離婚したらお酒を覚えてみようかなと思ってもいたんです」とも。

「思っていたより、おいしいですね」そう言ってスミレは二杯目のモヒートを注文し、また、ぐいと飲んだ。「映画館に来る前に、埼玉の自分の親のところに報告に行ったんです。覚悟はしていたけど、ものすごく怒られました。三〇歳近く離れていたものですから最初すごく反対されたのを押し切って結婚したのでなおさら……。父親の怒りが、バックに『ワルキューレの騎行』が流れてるような勢いで、それで、帰りしなに、今『地獄の黙示録』やってるって思い出したから、滑り込みでどうしても見たくなって埼京線で新宿に来たんです。父親より怒ってる人がいっぱい出てくる映画じゃないですか。見たらなにかこう、負の感情が相殺されるような気がして。でも、カーツ大佐って、やっぱり、……ぶっ殺したくなりますよね」そう言って、スミレは顔をくしゃくしゃにし、けらけら笑い、不意に「トイレ」と囁き、バンとカウンターを叩いて席をたった。

俺はといえば、スミレの話をだいたいでしか聞いてなかった。

自分で誘っておいて、という話だが、どうしてもだいたいでしか聞けなかった事情がある。夫が老けすぎたから離婚？　まあ、水死体のマネをして地元にいられなくなった俺と同じで「人生なめてんな」という程度の感想しか浮かばない。それより俺は、初めてちゃんと飲んだロックの赤い兵隊のジン（ビーフィーターという名前だとそのとき初めて認識したのを思い出した）、その47度のアルコールに完全に翻弄されていたのだ。魅了、に近いが、トータルでいえば翻弄だ。甘味と苦味のある濃い、なにかの花の匂いのような、そんな香りが鼻から抜け、熱い液体が喉を通る瞬間、自分が生きる意味というものを俺とはいえたまに考えるのだが、それと師匠の死の意味が接続されたような感覚になる。同じ酒を飲んでいる。言ってみればただそれだけの接点なのだが、なぜかそう感じ、その刹那的多幸感にすがりつきたい気分だった。アルコールの刺激で喉の血管が開く。その勢いで心の中にいる師匠の姿の前に垂れ込めた深めの靄が一瞬晴れ、なにかがわかるような気がする。しかし、飲み下した瞬間にそのイメージは蒸発する。なので、あと一口、もう一口と、その感覚を追いかける。追いかけ酔うにつれ、師匠が言った何気ない一言や表情が、今、現実では「中《ちゅう》の上《じょう》」の離婚したての女といるバーの風景に乱暴にカットインしてくる。何度も何度も。その感覚は初め、師匠がまだこの世界に存在するような甘さを伴っていてとても魅力的で、女の抑揚のない声のトーンはいいBGMだったのだが、彼女が背後をすり抜けトイレに行きドアをしめたとたん、がらりと景色が変わった。目の前には、ほとんど氷しかなくなったジン。カウンターの向こうに立ち並んだ照明を反射させて暗くきらめく酒瓶の壁。無関心にボトルを布巾で拭いている漫画に出てくるような初老のマスター。カウンターの上に小ぶりの皿に入った手つかずのナッツ。あとは、自分。他に客はいない。流れるのは当たり障りのないジャズ。すべてのありきたりなあれやこれやが総動員で悪意のある暗示を発し始めた。そこに何度も何度もヒントにすらならない師匠の短く切り取られた記憶の表出、そして消失。飲むと現れ、グラスを置くと消える。それが甘美さを失って、水気もなくなって、線画のパラパラ漫画が無限に続くような錯覚にとらわれる。もう、なにかわかりそうだ、という感覚すらない。トイレに行っている時間が長すぎる？　時計がないのでわからない。気が狂いそうだ。早く戻ってきてくれ、女（まだその時は名前を聞いていなかった）。俺はカウンターの縁にしがみつき倒れないように必死にバランスをとっていた。脂汗をかきながら。無表情で。手を離せば、どこまでも落ちていきそうだ。頼む、早く。

トイレから戻ってきたスミレが俺を見て言った。

「……泣いてたんですか？」

そう言われて俺は、寂しさや悲しさを超えた、恐怖の只中にいたことにようやく気づいた。なにひとつわからない、という虚無の谷底に吸い込まれるような恐怖だ。ポタリとカウンターに水滴が落ちた。鼻水だった。

「洟《はな》、垂れてるけど」

と、隣に座ったスミレは俺を指差しけたけた笑った。「なにがあったの？　あたしがトイレに行ってる間に？」彼女はモヒート一杯半で完全に酔っ払っていた。ようやく俺は、発狂顔を真赤にしながらカウンターにしがみついた手を離すことができた。つまり俺は、発狂したカーツ大佐と対面した『地獄の黙示録』のウィラード大尉みたいにとても危険な状態だったようだ。それを彼女に救われた。なにものかにシャツの襟を摑まれて暗い場所にひきずりこまれそうになっていた俺は、彼女の笑い声によって、正気の世界にひき戻されたのだ。その瞬間、スミレの後頭部にドンと大きな花が咲いた。ジンの花だ。そんな気がした。

今、自分に必要なのは、人生をなめている女だ。

酔っ払ってくれ、俺のそばで。あと一時間でもいい。一五分でもいい。いや、今わかった。俺には俺より酔っ払ってくれている人間が、隣に、必要なのだ。もう、ずっとそうだったし、きっと今日からもずっと。切に願い、酔っ払った勢いを借りて、それを懸命に口にし、そしてその願いは、かなった。スミレは、元の慎重さを取り戻し、目をしばたたかせながらうなずいた。離婚した女に、その日のうちに結婚を申し込むなんて、バカげた願いだが、なぜかかなってしまった。そうだな。悪くいえばそれだけがかなった、と言ってもいい。それしか、かなわなかった、と。

俺は、パソコンと五〇〇万円の現金を持って、その日から、彼女にほとんど「お情け」というようなかたちで元夫が残していったマンションに転がり込むことになった。

俺たちはマンションの部屋に入る前に、最寄りのコンビニで酒を買い込んだ。白と赤のワイン、甲類の焼酎、ギルビーウォッカ、バーボンウィスキー、缶チューハイ、紙パックの日本酒。ジンは……やめておいた。二人とも何も食べていなかったが、食べる気がしなかった。夜の一時を過ぎていたが、

「全部試してみたい。だって結婚祝いでしょ」

と、スミレは言うのだ。どのタイミングで名乗られたのか記憶がおぼつかないが、そのときはもう「スミレさん」と呼んでいたように思う。それからしばらくたって、初めて酔っ払って大きめな粗相をしでかして以来「スミレ」と、呼び捨てになったわけだが。

豪華なマンションだった。俺たちは、そのリビングに陣取り、ソファには座らず、白のアンティークでやたら重いテーブルを二人がかりで押しのけ、今まで座ったこともないようなふかふかした赤と黒だけの幾何学模様のラグに一畳ほどのスペースを作ってあぐらをかき、とりあえず、缶チューハイのプルトップを開けて乾杯した。

スミレは、驚くべきことに五分以内にそれを飲み干し、今まで一人暮らしをしたことがなく、ようやく一人で暮らせると思ったら間髪入れず俺が来た、という内容のことを困ったような喜ぶような口調で言ったり、夫のことが嫌いで別れたわけでは決してない、けれど、そこは気にしないでほしい、というようなことを言った後、突然座ったまま横に倒れ眠りに落ちた。師匠のことなどなにも話す暇はなかったし、もう話すこともないなとそのとき思ったのだった。実際それ以来ずっと、今にいたるまで話してない。いいとか悪いでなく、それを話す相手ではない。いや、逆に話す相手などどこにいるのだろう。話したところでなにになるのだろう。相手は眉毛を八の字にして見せ「そうなんだ……」と言って目を伏せる。そのまま口を結んで二、三度うなずく。それで終わりだ。スミレはそのまま朝まで目覚めなかった。三年後の今朝のように可愛い寝息といびきの中間ほどの音を立てて。

　俺は、そっとその顔からメガネを外し、それから改めてスミレの顔を見た。化粧っ気はほとんどないがきれいな肌をしている。少しだけ口が開き、白い前歯が覗いている。鼻の脇から顎の下にかけて小さなほくろが点々と連なり、それが北斗七星の形に似ていたりする。ラグに顔をつけて横から見る彼女のおでこから鼻、鼻から顎にかけての稜線はスーッと舐めたいほど美しいが、さすがにしない。俺は、タバコに火をつけ、ふうと息をついて、女って歳をとっても可愛いもんなんだな、などと、しょうもないことを思った。「中《ちゅう》の上《じょう》」？　いや、普通の上《じょう》じゃないか。小学校の時に水死体の真似をしてふざけ、それが近所の噂になり薄気味悪がられて以来、俺は視線恐怖症のようになって、特に、女の顔や目をまともに見るのが苦手になったまま大人になってしまった。その日も、スミレが眠って初めて、まじまじと彼女の顔を見たのである。まじまじと女の顔を見るなんて生まれて初めてのことだったのである。

　俺は手持ちぶさたになり、タバコを吸いながらスミレのマンションをゆっくり見渡した。改めて見ると、一年におそらく三〇〇〇万円くらい稼いでいた師匠のリビングなど学生寮に見えるほど広い。無駄なものがない、きわめてシンプルな部屋だったが、背もたれに使っていた革張りのＬ字のソファは一〇〇万円以上しそうだし、大きな窓には巻き上げ式のスクリーンが装着され、プロジェクターでおそらく二畳ほどもあるサイズの映画を見ることまでできるようになっていた。隅にはアップライトのピアノ。キッチンの方を見ると八人は座れそうなダイニングテーブルと、バーカウンターのようなものがあり、その奥には銀色の巨大な冷蔵庫がズーンという音を放ちながら鈍く光っていた。リビングから次の部屋へのドアが二つ。いっこうにスミレが起きる気配がないので、覗いてみることにした。俺の部屋が全部乗っかるほどのベッドが真ん中に鎮座する一二畳ほどの寝室、ここに踏みこむのはさすがにはばかられる。もう一部屋は、同じくらいの広さの書斎だった。大きな書棚にはスミレが読んでいたのであろう、毒にも薬にもならなそうな小説やエッセイが十数冊、それに画集や写真集が同じくらいの量置いてあるほかは、すでに別居していた元夫が持ち去ったらしく書籍のコーナーはすかすかで、あとは師匠のコレクションと並ぶほどの映画のＶＨＳがきれいにジャンルごとに整理されて並んでいた。書斎の真ん中には部屋に似つかわしくない木工所にあるような無骨な作業台が置いてあり、様々な絵の具と、数冊のスケッチブック、小さなキャンバスに描かれた絵がいくつか均等な間隔で置いてあった。おそらくスミレが描いたものだろう。どれも、上品な服を着た初老の男が椅子に座っている様子を描いたアクリル画で、五〇歳くらいに見えるものもあれば、老人に見えるものもあり、それが同じ男なのだとしたら、なるほどなかなかなスピードで老けていったのだな、などと思う。どの絵も愛情を込めて描いた、というより、硬い遊びのないタッチで、元夫は絵の上達のための練習台のように見えた。推定一億はするそのマンションを彼はなぜスミレにポンと手渡したのだろう。ただ、離婚に抵抗してはいたらしいが、無意識下で男はスミレと別れたかったのではないか、その絵の中のどこか乾いた眼差しの、痩せた、どことなくかわいそうな空気を全身にまとったおっさんの姿を見て、なんとなく俺は思った。

　女と見紛うような美しい少年の絵も一枚あった。美しすぎる。これは、雑誌か何かに載ったモデルの写真を模写したのだろう。それほど夫の絵に比べて現実感がなく、土産物のように様式的なおもしろみのない絵だった。

　もう一枚。これは、自画像だろう。二〇代後半といったところ。髪は少し茶色に染めていたのだろうか？　今よりも長髪だ。夏服を着たスミレがこちらを見ながら絵筆をとってキャンバスに自分の姿を描こうとしている。なぜか、背景は真っ黒に塗りつぶされている。自画像のスミレは、とても丁寧に描かれている。悪く言えばただのキレイな具象、それ以上でも以下でもない。なにを考えているのかまったくわからない表情でこちらを見据えている。その感情のない瞳をよせばいいのに俺は覗き込んだりする。そうしたら、ある恥ずかしいことを思い出した。

孤独というのはときにおかしな行動に人を走らせるもので、中学生のとき、俺はバスケットボールにナイフを突き立てたことがある。そんな人はあまりいないと思うが、俺はある。トルエンで頭がいかれていたり、生まれつきだったり、やばいやつが多い中学だったので護身用にナイフを携帯していた。友達が一人もいないということでなめられ、因縁をつけられないようにだ。とにかくなにかにつけ人の弱みを握り因縁をつける材料を探しているバカが周りに多すぎた。

俺は、休み時間によく人気《ひとけ》のない場所を探してタバコを吸っていた。少なくとも学校内に誰も来ないスポットを三つは見つけていた。そのときは、カラスがやたら鳴いていたこと以外、どの場所だったかは忘れてしまったが、たまたまそこにバスケットボールが転がっており、なんとなく思いつきで、持っていたナイフで刺してみたのだった。あまり深くは刺さらなかった。思ったより硬い。だから二度目はずいぶん力がいった。ようやく小さな切れ目が入った。俺は、切れ目を更にナイフで拡げ、両手の親指を入れて、思い切り力をこめ、切り口からボールをめくって裏返そうとした。なかなか思うようにいかない。俺は休み時間いっぱい使って切れ目を調節しながら、なんとか、裏返しのバスケットボールを作った。額に汗が滲んでいた。バカげた思いつきだった。途中からそうすることによって、今までバスケットボールに面していた世界はボールの内側に封じ込められ、俺だけが世界の外に出たような気分になれるのじゃないか。そんな気がしたからだ。まあ、中学生の哲学だ。もちろん、どうにもこうにもならなかった。真っ黒いゴムボールが完成しただけでなんの感情もわかなかった。自分はなにをやっているんだろう。

まだ、中二病、なんていう言葉がなかった頃の話だ。

中二病といえば、俺は、兄貴の知り合いの彫師に入れ墨を入れてもらったことがある。高校の時。これも、なめられないためだ。だからデザイン性などどうでもいい。目的は威嚇だ。般若の顔を背中に彫りたかった。しかし、途中で断念した。俺は痛みに弱すぎた。両の肩甲骨のあたりに角の輪郭線を入れた時点で耐えられなくなり、次の予約をバックレておしまい。俺の背中には二本の中途半端な青黒い角がある。

その事実もまた、俺をさらに田舎にいづらくさせた。

話がそれた。なにが言いたいか？　キャンバスに描かれたスミレの瞳は、その日、ボールに空けた穴のように見えたということだ。黒目を起点に奥に向かって底しれぬ深さと広がりがある。中を覗くと、背景と同じ色、漆黒の闇だ。そこに指を突っ込んで、裏返すと……。

俺は気持ちが悪くなって絵を見るのをやめ、部屋のカーテンを開けた。とてつもなく大きな窓だった。そこからは渋谷方面に広がる夜景が見えた。人が住む場所から夜景を見たのは生まれて初めてだった。一瞬だけ美しいと思った。しかし、きらびやかに点在する灯りの一つ一つの中に人がいる、と思うとさらに気分が悪くなった。見映えのする景色のくせに、その中に、少なくとも俺みたいにわけのわからない感情になっている人間が一万人くらいいるのか？　虫酸が走る思いだ。

薄気味悪ぃな。

俺は、リビングに戻り、赤ん坊みたいな姿勢で眠っている彼女の横に寝そべって、彼女の寝顔を見た。ほっとした。さっきのままだ。俺はスミレを見ながら寝ることにした。そうすれば今宵はもう師匠のことは考えずにすむ気もして――。

やすらぎのようなものを感じたのは、その瞬間だけだった。

寝入ってすぐ、夢を見た。矢印の夢だ。師匠の手首に入れ墨されていた矢印が宙を舞い、スミレの左目に突き刺さる。その目は、知らぬうちに自画像の目にすり替わっている。矢印におされて、スミレの皮膚は顔の中にめり込んでいき、それはずるずると音を立てながら世界を道連れにしてブラックホールのようになっている内部へと入っていく。人も渋谷の夜景も山も海も空も、過去も現在も未来をも含めた時間も。最後に世界はスミレの瞳を中心にすべて裏返しになり、スミレの顔は真っ黒なゴムボールになる。そして宇宙で俺だけが取り残され、本物の一人ぼっちになるのだ。

今まで何度も夢の中で仲間外れにされたが、今回は心細さの次元がだいぶ違う……。

そう思ったら目が覚めた。心臓はバクつき寝汗で頭がぐちょぐちょになっていた。スミレはまだ同じ姿勢で寝息を立てている。寝息というよりいびきだ。それで目が覚めたのだろうが、そのいびきはほんとうにありがたかった。それくらい怖い夢だった。

いや、まだ夢から覚めていないのか、と思うこともある。矢印は何度も俺の夢に現れるし、夢でなくても一人ぼっちだと感じることは多い。

発明家エリアス・ハウが、先端に穴の空いた槍を持っている野蛮人の夢を見て発明したものは？

ミシン。


翌日からずっと、スミレは飲酒し続けた。俺は、マンションに来て一週間後の明け方、ひどい酔態を見せてくれたスミレの寝顔を見ながら、その間のできごとを整理しようとしていた。なにしろ結局スミレといる場合ずっとそうなるのだが、俺が頭を整理する時間は、彼女が寝ている間しかないのだ。

　スミレは出会った翌日から、昼頃起きて、寝ていた時の格好のままコンビニに行き適当な酒を物色し、部屋に戻って飲んだ。まず缶ビールだ。前日初めて飲酒したとは思えないほどうまそうな飲みっぷりである。毎日電話で何人かの知り合いに自分が離婚したことをわりとライトな感じで告げ、その反応を楽しんでいるようだった。近所の店で出前を頼み、ようやく風呂に入って着替え、届いた蕎麦だの、餃子だのを食べた。その間、ずっとなにかの酒をゆっくり飲んでいた。嬉しかった。スミレは飲めば飲むほど、夢とうつつをさまよっているような言動を見せ（たとえば、ふっと数秒目の前にいない母親らしき女と軽く口論しては、あれ？　と言って、また現実の世界に戻ってくるのだ）、それは、俺の中にいまだ湧いてくる正気でいられない気持ちを肩代わりしてくれているような気がするのだった。

　とはいえ俺は、酔っ払っていくスミレの隣で、師匠の後始末におおわらわだった。スミレがノーブラのTシャツにパンツという姿でうろうろしていても欲情しないほどに余裕がなかった。なにしろ、師匠の抱えていた仕事は多岐にわたり、最後の方は、子供雑誌の投稿コーナーの審査委員長までやっていたのだ。朝起きるとアシスタントプロデューサーやディレクター、編集者、作家仲間、必ず誰かから携帯に留守電やメールが何件も入っている。俺は、ほとんどの仕事を仲間にふりわけた。スミレの酒に付き合うのに忙しかったからだ。超高性能スピーカーで戸川純の歌をがんがんにかけるスミレのわきで（スミレはダンス系のクラブミュージックか戸川純しか聞かなかった）、小学生の考えた「リコーダーの新しい使い方」に関する大喜利のオチを採点するのは至難の業である。それでも、一週間かけて、師匠の仕事は他の作家に移行できた。ただ、最後に頼まれた小説のゴーストと、クイズだけは作り続けた。パソコンをインターネットにつないでいれば、ネタはいくらでも探せる。

その間に、師匠の家族葬は執り行われたと聞いた。俺は正直、葬式をやらなくてすんでほっとしていた。もう一度師匠の遺体を見るのはきつすぎる。もう充分だ、充分以上だ。あの日の玄関での師匠の亡骸は、顔こそ見えなかったがあれから何度も何度も頭の中でフラッシュバックしていた。その姿は俺の心を狂気の淵に引きずり出し、そこから谷底に突き落とそうとする。これがいつ終わるのか。先が見えない。真夜中、見知らぬ町の高速道路で、一人裸足で歩かされているような気分。それは恐怖だ。

目の前で酔っ払うスミレに救われた。俺を油断させてくれた。俺が喜ぶのを見て、スミレはますます飲んだ。初めは夕方頃に突然ダウンしてそのまま寝てしまうので、その飲み方に少し不安を覚えたが、急ピッチで耐性はついていき、支離滅裂な言動も少なくなった。

それに夕方までに飲む酒の量はトータルで五、六杯。その後の顚末を思えば可愛いものだった。ただ、スミレは、なんでも飲む。焼酎も、ワインも、ウィスキーも、ウォッカも、テキーラも、マッコリまでも。新しい酒に口をつけるたびスミレははしゃいだ。

「なんでこんなおいしいもの、今まで飲まなかったんだろう！　やっぱりわかっていたし、酔っ払っているから言うけど、前の夫はつまんない男だったわね」

焼酎にはスルメが合う。日本酒には魚卵、ワインにはチーズ、ウィスキーにはナッツ……アテも雑誌を見ながら勉強していった。それが昼にとる店屋物の次の夕食がわりとなった。

基本、テンションが低いスミレが、酒を飲むことにアグレッシブになっていくのが、楽しかった。けれどジンだけは飲むな、と釘を刺した。俺にとっては特別な酒だ。そこは絶対に守った。

そんな日が五日ほど続いた。

六日目、スミレはついにダウンしなかった。そればかりか外で飲もうと促された。だが、どうしても師匠から任された最後の仕事であるお涙頂戴映画のノベライズをその日のうちに終わらせたかった。俺が断ると、

「あ。そう」

と、つまらなそうな顔をしてスミレはさっさと着替えて外に出ていった。映画館で会ったときとは印象の違う、派手目なワンピースを着ていた。まだ夕方の五時である。心配だったが説得する余裕はなかった。

夜一時過ぎ。スミレはもちろんべろんべろんに酔っ払って、多量の三越の買い物袋をさげて帰ってきた。出ていったときとはまるで違う、白地に黒い曲線だけで構成されたモード系のミニワンピースに着替え、さらに、背が高い白人系のハーフの女と肩を組んで。ハーフ女は部屋に入るなり「きったない！」と声を上げて笑った。そう言われて初めて気がついた。六日にして、モデルルームのように整然としたリビングは散らかり放題になっていたのだ。まあ、今よりはまし。今住んでいる一戸建ての家のリビングの三倍は広いので今よりはだいぶましだったが、確かに散らかるスピードが早すぎた。アンティークのテーブルには、二日前のカップラーメンが汁の残った状態で放置されていたし、その中には俺もスミレも吸うタバコの吸殻が無遠慮に放り込まれていた。それに準ずる二人の掃除への無関心によるゴミ、ゴミ、ゴミ、出したら出しっぱなしで洗われもしない食器、脱ぎ散らかした服……。スミレは完全に家事というものを放棄していた。俺がこのマンションに来た、その瞬間からだ。

「きったない部屋だよね！」スミレは今さら気づいたように笑った。「いいんだ。あたしは、もう、キレイ好きな男の人生には合わせ終わったんだから。ねえあなた」

スミレは酒臭い息を吐きながら、俺の顔を覗き込んだ。そして、

「これからはあなたに合わせるの。それはもちろん、始まってる」

そう言ってまたけらけら笑い、倒れ込むような勢いで寝室に吸い込まれていった。俺はそれまで心に溜まっていた「嬉しい」という感情以外のものが、すべて「うっとうしい」であったことに気づいて、瞬間的に怒りが沸騰した。なにか薄汚い言葉で罵倒したいような気持ちになったが、友達の手前黙っておいた。残されたハーフの女は、ふうとため息をついてソファの上に腰掛け脚を組み、ラグに座ってテーブルのパソコンに向かっていた俺を見下ろした。

微笑んでいた。しかし、その青みがかった瞳は少し憂いを帯びている。ショートの黒髪のサイドを刈り上げ、整髪剤でつややかなオールバックにしていて、おかっぱのスミレよりだいぶ大人びて見える。

「新しい旦那？　若いね。ただで住んでるんだったら片付けたほうがいいよね」

それを聞いて、俺は言った。女の言葉がちくりと刺さったからこそ。

「それは俺が決めることだ。誰だよあんた。まず名乗れよ」

俺は、びびっていた。女の落ち着き払った態度に。しかし「なめられたら終わり」。俺

は小柄だ。なめられやすい。これは地元で身につけた唯一の人生訓だ。小柄な男は切れるとやばい。ヒットラーを見ろ。まず、それを態度で教えてやるのだ。小柄で成功した男の名前も小柄な殺人鬼の名前も一〇人はあげられる。だてにクイズばかり作ってきたわけではない。

女は「余計なお世話でした」と言って笑い、それから、自分はスミレの昔の友達で名はティナ、ドイツ系アメリカ人と日本人のハーフで、今はフリーのキュレーター兼モデルをやっている、スミレとは親友だった、けど、堅物の旦那と結婚し束縛がきつかったので距離をとっていて、今日会うのは一〇年ぶりだ、会ったらあまりにもダサいカッコをしてたから買い物に付き合って、それからバーで飲んできた、などなどを低いトーンで話した。そして、少し斜視がかった眼差しで俺を見据えて言った。

「スミレが離婚したその日に結婚の約束したんだってね。でも女は離婚してから法律的に一〇〇日は結婚できないの知ってた？」

うかつだった。そうか、思い出した。俺の集めたクイズの中にそんな簡単なものは余裕であったはずだ。

ティナは、俺のアホ面をしばらく見て「まあ、おかげでスミレとこうして酒が飲めるからいいんだけど」とわざと顔をしかめて言った。「『１００万人の花嫁』のノベライズを書いてるの?」

「……そうだが、なんでわかる?」

動揺を抑えて俺は言った。ティナの位置から俺のパソコンの画面は見えないはずだ。

ティナはそれには答えず、「三流の映画だけど、当たったものね。なにか飲みたいわ」とテーブルに視線を落とした。テーブルの上にはあいかわらず無造作に色んな種類の酒が陳列してあった。俺は無言で「どうぞ」という仕草をして、グラスを取りに立ち上がった。

「ジンはないの?」

ティナは聞いて、口角をいたずらっぽく上げた。

「ビーフィーターがいい」

その言葉にすっと背筋に戦慄が走ったが、俺は動じないふりで「ない。ウォッカを飲め」と背中越しに言った。言葉数を多くすれば、地金が出る。それは危険だ。なぜこんなに俺を見透かすのかわからない。ティナは目と鼻の間に不思議な小じわを寄せ、笑って答えた。「わかった。ないならなんでもいい」歯並びのいい前歯が見えた。

冷蔵庫の製氷機から氷を取り出し、グラスに入れながら、あの女はスミレにないすべてのものを持っていると思った。上下左右にバランスのとれた美貌。黒のカーディガンに白のシャツ、黒のパンツというカジュアルな出で立ちで、なのに最高におしゃれに見える雰囲気。キュレーターという職業の響きが醸す謎めいたインテリジェンス（いまだにどういう仕事かはわからないが）。金は……どっちが持っているだろう？　スミレの財力は不明だが、首元や指や腕につけた宝飾品からすれば明らかにティナは金持ちだ。そしてなにより、身にまとった自由の空気は、つい一週間前物理的にかなりの自由を手に入れて、それにのぼせて酒をくらっているスミレよりはるかに上だ。何倍もだ。スミレの親友と言ったが、その舌の根も乾かぬうちに親友の旦那になろうという俺とソファの上でセックスだってておっぱじめられそうな、うまく説明もできないのだが、そんな妄想をさせる静かなアナーキーさがある。その危うさも含めて「上《じょう》の上《じょう》」だ。ティナの非現実的な風体はむしろこの非現実的な部屋にスミレより似合っている。スミレもイカれてるとは思うが、まだ、肉体が地についているように見える。

グラスを持って戻ると、いつの間にかティナはピアノの方に身を移し、勝手に蓋を開け、弾き出した。椅子の上で膨らんだ尻がリズムに合わせて踊る。演奏も巧みだ。一本調子で不協和音が多くとっつきにくい曲だが、サビで転調に入ると急に俗っぽい美しさで高揚を煽る、どこか不良の匂いのする色っぽい曲だった。そのうちティナは英語の歌詞を歌い出した。それで聞いたことのある曲だと気づく。これはそうだ。昔、師匠が「酒飲みのための歌だ」とレコードで聞かせてくれた古い曲だった。なんだっけ。……なんとかだ。なにかのカバーのはずだ。ティナのピアノは、弾き方のせいだろうか、次第に頭にわんわん響き、それが視界に作用してくるように感じる。部屋の灯りが揺れている。それは不協和音のせいだけではなさそうだ。俺はしかたなくグラスにウォッカを注ぎ……、
彼女に渡したのかな？

それとも自分が飲んだのかな？

そのへんの記憶がおぼつかない。あの旋律にはなにかの魔法がある。過去の記憶を呼び込み、時間の感覚を狂わせる。あの日もそうだ、バンドをやっているという人間のクズの概念を煮詰めたような風体の男が師匠の酒宴に紛れ込んでいて、この曲をレコードに合わせて日本語の歌詞で歌ったのだ。ウィスキー。やたらとウィスキーという単語を連呼していた。ということは、師匠がまだウィスキーを飲んでいた頃か。

確かなのは、そうだな……俺は、ピアノの方に近づいて、彼女の少し細すぎる腰を抱き「いい曲だ」と言い、ティナは、

「私にかまわないで……その日が来るまで続いていればの話だけど、一〇〇日後の奥さん？　の、心配しなさいよ」

と、いなすように言ったことか。

俺は恥ずかしさをごまかすために「昔のスミレのことを教えてくれないか？」と聞いた。

ティナはピアノの蓋を閉じ「本気で知りたいの?」とからかうように聞き返す。

「確かに……」俺はグラスをピアノの上に置いて言った。「今までのことには、あまり興味はない。これからどうなるか、には興味はあるけど」

「じゃあ、そっちに集中したほうがいいわ。私からはあまりあの子のことで言うことはないから。私は、あなたの知らないスミレのことを話す気はない。話せない」

「……なぜ?」

それには答えず、ティナは黙り込んでしまった。魅力的な口角を上げたまま、時が止まったように。

俺はしかたなく、いや、うながされたのかもしれないが、とにかく、寝室にスミレの様子を見に行った。

ドアを開けると、買ってきたばかりのハイブランドの洋服をベッドいっぱいに拡げ、その上で帰ったきりの姿のスミレが、眠ったまま、吐いていた。

「クソバカが!」

俺は切れた。地団駄を踏んだ。

そこからどうしたのかはさらに覚えていない。彼女を罵りながら、洋服を片付け、かつて飲みすぎた仲間にしたようにいろいろ、水を飲ませたり、服を脱がせたりして介抱したのだと思う。そのまま眠りに落ち、気がついたら朝になり、寝顔を見ている、そして、中《ちゅう》の上《じょう》の中でも上《じょう》の女だな、などと思い直している、眠っている女ってかわいいな、とまで。

ティナは朝が来る前に帰っていた。

「スミレさん、あんた、なんなんだよ」

ふと、目が開きそうな気配を見せたので、俺はそう囁いた。本心だった。一週間一緒にいたが、どんどん酒に強くなっていくこと以外、どれほどの情報を彼女からえただろうか。

そうだ、キスでもしようかと顔を近づけたら、不意にスミレは起きた。

「トイレ！」

ぎりぎりまで我慢する癖があるらしく、スミレがトイレに行きたくなるのはいつも不意だ。ベッドから飛び起きると、自分が買った服に足を取られ、ドアのところまでつんのめって行った。

スミレは、閉まりきっていなかった寝室のドアを傾いた身体でドンと開けて、そのまま足をもつれさせながらリビングをよろめき歩き、落ちていた雑誌を踏んですべって、一度宙に舞い、時が止まったようになって、それから勢いよく頭からテーブルの上に突っ込んだ。

激しい音がして、スミレの頭が開けたままになっていた俺のパソコンを砕いた。テーブルの上のゴミたちが一瞬跳ね上がり、キーボードのアルファベットがスローモーションで飛び散った。そんなように見えた。

何年もかけて集めた何万というクイズともう少しで書き上がるはずの小説のデータを収納したパソコンは、盛大にぶっ壊れた。バックアップをとるなどという小洒落た技はもちろん身につけていない。

「痛い！」

すみれは、ラグの上に転がり、仰向けになって両手で顔をおさえて叫んだ。

「顔が痛い！」

俺も叫んだ。

「このクソメスが！」

俺は、血が飛び散ったパソコンを持ってリビングから連なるベランダに行き、この部屋が何階なのかはわからないが、はるか下の地面に投げ捨てた。そこは公園だったが誰か人がいようが知るか。どうにでもなれ。これで、俺は抱え込んでいたクイズを投げ捨て、ついでに途中まで書いた小説も投げ捨て、業界から完全に切れたわけだ。それから俺は、リビングに戻り、のたうち回っているスミレに「死ね」と言われてもいないのに「おまえが死ねよ！」と吐き捨て、自分のリュックから五〇〇万円の札束を取り出し、一〇〇万円ほど掴みとると、苦しんでいるスミレに投げつけた。

「これでどうにかしろ、スミレ。どうせ一〇〇日は結婚できないんだ。一〇〇日も耐えられるかこんなの！」

そのとき初めて、「スミレさん」は「スミレ」になった。二度とその名を呼ぶ気はなかったが。

スミレの顔だか、頭だかから出た血が白いテーブルの上に玄関の方角に向かって飛び散り、見ようによっては、どこか矢印を描いているようだ。それは、出ていけと言っているように思えた。潮時だ。俺は、スミレのマンションから出ていった。背中で「行かないで！ ちゃんとするから！」という悲痛な叫びを聞きながら。「行かないで！ ねえ！」多分、顔から流れ出る血を押さえながら、何度も何度も。


自分のアパートに戻ると部屋に変な虫がたくさん湧いていた。俺はバルサンを焚いてそいつらを皆殺しにし、一週間ほど引きこもった。なにもかも捨て鉢になってテレビも見ずに。時折、スミレの傷のこと、より、なぜかスミレの自画像のことを思い出した。あの虚無的な瞳を。真っ黒な背景を。そして、やっと思うのだ。あんな怪我をした後小便を漏らしていたら、それは怪我をしたことより寂しいことなのではないかと。尿意は、ぎりぎりだったはずだ。若い女が一人で、一人ぼっちで小便を漏らす孤独を、俺はまだ知らない。そういえば、師匠の部屋から帰っていつも寝しなに師匠が小便を漏らしませんようにと密かに祈っていたのを思い出した。

そのとき、初めて泣けてきた。

時折携帯を見ることがあったが、締め切りをすべてすっ飛ばした、ただの売れっ子作家の弟子だった男に誰からも連絡はない。もちろん、スミレには電話番号もメールアドレスも教えてなかったので連絡が来ようもない。そして、俺もスミレの連絡先を知らない。新宿からタクシーで行ってタクシーで帰ってきた。青山だったことはわかるが、それ以外番地もマンション名もわからない。

ひきこもっていたら身体から変な匂いがして来たような気がして、俺は最寄り駅にあるサウナに行った。パチンコ屋のビルの一〇階にある狭いサウナだ。

サウナ室で汗をかくのを待っていたら今にも胸の筋肉が踊りだしそうなマッチョな男に声をかけられた。

「え？　おまえ……あれから二週間でこんなに変わるのか？」

マッチョは驚いていた。山城だった。「……太ったなあ!」山城は笑った。

「おまえだって、金剛力士像みたいになってるじゃないか」

初めて見る山城の裸体は、腕や胸が筋肉でぱんぱんに張り、動くたび血管が移動し不気味ではあるが、体中からナルシスティックなオーラを漲《みなぎ》らせていた。腹筋は少なくとも六つ以上に割れている。顔には出さなかったが俺は「こいつ。やばいぞ」と思った。いや、それ以上にやばいのは山城が裸の胸に下げたペンダントだ。上を向いている黒い五センチばかりの金属製の矢印をぶらさげている。

「その矢印……」

俺が指差すと、「師匠の腕にしてあったタトゥー。写真から起こして形見代わりに作ったんだ。銅製だ。しぶいだろ」と割と軽いトーンで言うのだった。形見なら五〇〇万ももらっただろう、とは言わなかった。俺にはできない無遠慮な所業をやすやすとやってのけるのが山城という男だ。「なぜ、そんな物を選んだ」と聞こうとしたが、大した答えも返って来なそうなのでやめておいた。

「そんなことより」山城は屈託なく笑った。「なに食ってそんなに太った?」

俺は少し考えた。何を食っていたっけ。一〇秒くらい唇を触って思い出した。

「菓子パン」

山城は吹き出した。

菓子パンなど食う習慣はなかったのだが、スミレがやたらとコンビニで買ってきては、俺が仕事しているテーブルに置いておくのでついつい口にするようになったのだ。甘いパンというのは、食いなれるとどんどん頭がいかれてくる。特につぶあんマーガリンの甘さとしょっぱさのせめぎあいには性的官能すら感じる。俺は、自室に戻ってスミレに一〇〇万円を渡したあとの残りの金でどれくらい働かずに生きていけるか挑戦しようとしていた。師匠の生命の余韻をしゃぶりつくしたかった。四〇〇万。家賃の六万×一二の七二万を引いて三二八万。それを一二で割ると二七万いくら。いやいや、菓子パンは安い。二七万あれば三ヶ月は暮らせる。となると……云々。

「菓子パンか！　いいな！」山城はまだうけている。「そういやあ俺も酒断ったときやたら食いたくなったなあ！」なぜそんなに、というほど嬉しそうだった。「休憩室で待ってるから、サウナ出たら来い。うちに連れて行く。おまえ、仕事をうっちゃってバックレただろ。仕事先全部出禁になってるからな」

「だろうな」久しぶりのサウナの熱気にあてられ、俺はうつろに返事をした。

「新しい仕事がある。休憩室で待ってるから絶対来いよ」

そう言って山城は出ていった。

その後、水風呂を浴び、更衣室の鏡で自分の裸をまじまじと見た。確かに体全体、特に顔の下半分と腹がぶよぶよしている。ぶよぶよとは関係ないが、この目つきのどんより具合、目の下のどす黒いくまは驚愕だ。いつこうなった？　スミレ、こんな男とよく結婚しようと思ったな？　いや、結婚しようとしてからこうなったのか？　この二週間、鏡なぞ目に入ったとしても見てはいなかった。久々に体重計に乗ってみたら七〇キロ。最後に体重を測ったとき（それがいつだか忘れたが）より一〇キロも太っている。

まあ、どうでもよかった。ただ、Gパンを穿くとき腹がベルトに乗ってギュッとなる苦しさを、なるべく意識から外すようにしてここのところ生きていたこと、それに気づいただけだ。

タクシーで向かった山城のマンションは師匠のマンションから歩いて五分ほどの場所にあった。見た感じは普通だが、２ＬＤＫという広さは山城の稼ぎにしては贅沢だ。親が裕福で税金対策として買ってもらったのだという。どうりで。俺は物欲しそうな匂いのしないこの男が嫌いじゃなかった。師匠の部屋から一〇〇〇万円を平気で抜いた所業も逆に裕福に育ったからできたのだろう。

「おまえにはこの部屋に住んでもらう」

リビングから通された一〇畳ほどの部屋には、黒いマットが敷き詰められ、壁の一面がすべて鏡になっていた。隅にはランニングマシンとバーベルやダンベル、高価そうな体組成計、その隣に三脚を立て一眼レフのカメラがしつらえてある。部屋の真ん中には、近未来ＳＦ映画の戦闘ロボットのような、中央に座席のついたトレーニングマシンが御神体めいて鎮座していた。ご丁寧に窓という窓は黒く塗られたベニヤ板で覆われ、密室感を煽っている。完全なる最新のトレーニングジムである。そしてそこには図体のでかい猫までいる。

「師匠の金から三〇〇万、この部屋につぎ込んだ。このトレーニングマシンはアメリカ直輸入だ。これ一台で体のほとんどの筋肉が鍛えられる」

なにやってんだよ、山城。

俺は笑ってしまったが山城は大真面目だった。

「軍資金に一〇〇万円やる。おまえは、この部屋で三ヶ月、体重一〇〇キロ目指して好きなものを食って飲んで暮らせ。出前をとってもキッチンで自炊してもいい。あ、でも野菜はやめとけ、便秘しにくくなる。パンはいい。特にヤマザキのロングチョコクリームパンは一個一三〇〇キロカロリーだ。これ一個で、大人の男の必要カロリーの半分いける。それにファンタだのコーラだの炭酸飲料を合わせるのはなおのこといい。とにかく糖分をとれ。酒を飲むなら日本酒かビールの二択だ。おまえ今七〇キロか？　あと三〇キロ。一ヶ月一〇キロだ。てことは……一日三〇〇グラム以上太れば達成できる。二週間で今みたいになれるんだから、そう思うとわけないだろ？」

山城は立て板に水の調子で言うのだった。自分は、閉鎖病棟で暮らすうち鬱になり、鬱をなおすためオーソモレキュラー療法という食生活から糖質を抜いて心を健康にする治療法を独学で勉強した。病院食から糖質を抜くと食べるものもかなり限られ、どんどん痩せていき、暇なので筋トレを始め、噂でその話を聞いた師匠から大量のプロテインを差し入れしてもらった。それから肉体改造に生きるモチベーションを見出した。病院から出て、その足でニューヨークに行き、最新の筋トレとダイエットのテクニックを学んだうえ、ダイエットサプリメントの輸入先まで獲得した。それをすべておのれに試してこんな身体になった。山城はいう。オーソモレキュラー療法の提唱者であり、分子構造の研究と、核実験の反対運動によりノーベル賞を二度受賞したライナス・ポーリング博士の愛弟子、チャウ・ロウ博士が開発した漢方由来のサプリ「飛苦《フェイクウ》」だ。これは新しい時代のダイエットに必須になる、と。

「なるほど」

俺は山城の顔を見ることができないまま答えた。なにしろ歯が白すぎるのだ。それで笑いを堪えるのが大変だったのだ。

「とりあえずおまえもっと太れ。で、一〇〇キロになったら、三ヶ月で三〇キロ痩せてもらう。今度は俺の作った糖質制限レシピに従って徹底的に食事を制限する。炭水化物、根菜、果実、一切ダメだ。人間てのは、農業が発達するまで、誕生してからその九九・九パーセントの時間を低糖質な食事で生きてきたんだ。なせばなるって言ったのは……誰だっけ」

「上杉鷹山」

「そうだ。その苦痛の対価に一〇〇万出す。つまり、師匠が遺してくれた五〇〇万をすべて吐き出す。もちろん、酒はだめだ。アルコールは筋肉の組成をじゃまする」そう言って、俺にノートを手渡した。「そこの機械や道具を使って一人でできる筋トレのマニュアルだ。あと、ブログって知ってるか？」

「知らない」そんな時代だった。

「体重が一〇〇キロを超えたら始めてくれ。最近、気の利いたやつはインターネットでブログっていうのをやっているんだ。おまえ、『一〇〇キロから三ヶ月で三〇キロのダイエットに挑戦する男』みたいなタイトルのブログを書け。サプリを飲んで、俺のメニューを必死でこなせば確実に痩せる。その体験記だ。毎日自分の身体を写真に撮ってアップしろ。ホントは自分の体でやっても良かったが、俺の身体は筋肉が付きすぎてかなり太りにくくなってるからな。三ヶ月後ダイエットが成功したら、そのブログと俺の肉体改造マニュアルを合わせて本にして出版する。……これは、絶対売れる。印税は七・三だ。悪くないだろ？」

「わかった」俺は言った。

「三ヶ月後から酒はだめだぞ」念を押すように山城は言った。「その代わり最初の三ヶ月は好きなだけ飲め」

そのとき気づいたが、酒の話をするときだけ、山城は矢印のペンダントに触るのだった。多分、無意識だろう。

最初の三ヶ月で山城が言うように太った。食い、飲み、猫と遊び、教えに忠実に、樽みたいに。ぶくぶく。一日八食は食べた。パン、麺、米、脂多めの肉。そして菓子、炭酸飲料。大食漢でもないのでノルマをこなすのはつらくなかったと言えば嘘になるが、働くよりはずいぶんましだ。それに糖分を取り続けるとハイになる。寝ていても手の届く範囲に食料を配置しいかに最小限の動きで効率よく食事ができるかを考えるのが楽しかった。逆に糖分が切れると抑うつ状態になり、心まで豚になって甘いものに焦がれるのだ。体重計に乗ると一〇〇・五キロ。背が低いので球体に近い。なにしろあぐらをかくと転んでしまうのだ。鏡を見るたび笑えてくる。

「すごいじゃないか！　シャンパンで乾杯したいところだが、俺は一杯でも飲んだら閉鎖病棟に逆戻りなんでね」山城はもちろんペンダントに触りながらそう言って笑った。そしてふと青ざめるのだった。唇が震えていた。「ふん、シャンパンなんて言葉、口から出すもんじゃないな……。言霊《ことだま》がぽんと降りてきたぜ、あぶねえ。……さあ、ブログを開設しなくちゃな」

タイトルは、俺の体型を見た山城の提案で、

『樽男　１００キロ↓70キロへの挑戦』

ということになった。タイトルの中の矢印。よくぞ入れてくれたと思った。俺は気づき始めていた。矢印があれば、俺は、それが指し示すことをただやるのだ。

俺は、山城の尋常でないスパルタ指導により、みるみる痩せ始め、ブログには日に日に細くなっていく俺の写真がアップされた。

「順調だ。おまえはいい広告塔になるな」

見世物になるのは悪い気分じゃない。俺は、毎日奴隷じみた根性で、グロテスクなマシ

ンに乗っかり、一日三時間、腕、背中、腹の筋肉をひたすら鍛え、一五キロのダンベルを持ってスクワットをし、ランニングマシンで一日三時間走った。初日、二日目、俺は運動量に耐えきれず吐いた。山城は笑った。食事はタンパク質が多くて低脂質のごく限られたメニュー。もちろん炭水化物はもってのほか。残りの栄養はサプリメントでとった。ちなみに山城の輸入した「飛苦」は、栄養ではなく代謝を上げ、空腹感を麻痺させる薬らしい。そして、夜、適当な作文を山城のパソコンで書いた。一ヶ月たつとブログには二つのトレーニングジムの広告と、なんと美容学校の広告までついた。俺の半裸の写真の上に美容学校の広告。笑える。

山城は広告収入を元手に表参道に三部屋ほどの事務所を借りてダイエットサプリを販売する会社を作った。その作業にてんやわんやでマンションにはほとんど来なくなり、俺は一人で勝手に黙々と痩せ続けなければならなかった。

そして俺は、痩せた。

約束の三ヶ月で俺は六九キロになった。目標達成である。サウナで測定したときより一キロ減っただけとも言えるが、筋肉がついた分見た目はだいぶましになった。

その日のうちに俺はマンションから一番近い中華のレストランに飛び込んだ。餃子、チャーハン、担々麺、点心、浴びるほど炭水化物を食べてやろうとしたが、胃が小さくなっていて、結局ほとんど残してしまったうえにテーブルの上で気を失った。気がついたら病院のベッドだった。レストランの主人が救急車を呼んだのだ。診断は栄養失調。三日入院したが、山城には実家に帰っていたと嘘をついた。

山城にはすでに嘘ばかりついていたのでなんのためらいもなかった。

マンションから解放され、俺は表参道の会社の社員になった。ブログの単行本用の清書と、サプリの梱包発送が主な仕事だったが、六畳ほどの部屋があてがわれた。自分のアパートに一度帰ったが、また変な虫がうじゃうじゃ湧いており、もう二度と帰るものかと、布団だけ会社に持ち込んでそこに住むことにした。残りの荷物は、家賃を滞納し続ければ大家がどこへなりと処分してくれるだろう。未練のあるものなどまるでない。

それから一月後、本が出版された。ブログ効果だろう、三日で重版がかかり、一週間後、また重版、その後も売れに売れ、冬になる頃、俺たちのダイエット本の売れ行きは五〇万部を突破した。それにともなって、ダイエットサプリもバカ売れしたのだった。こちらの方の利益ははかりしれない。原価三〇〇〇円の「飛苦」が二万円で売れる。太っている姿が自分の本来の姿だから自然とそうなっていることに気づかないバカなデブたちのおかげだ。こうして山城は突然大金持ちになり、俺は二〇〇〇万ほど印税の分け前をもらった。おのれに突貫で脂肪をつけてその脂肪を突貫でとって二〇〇〇万円。二度はやらないが、ボロい商売だ。

マスコミからいろんなインタビューが舞い込んだが、俺はパスし、話し上手な山城に語ってもらった。インタビューなどされても困る。非常に困る。なぜなら俺は、山城がいない間、言われた通りのダイエットなどまるでやっていなかったのだから。

しかし、とうとうバラエティ番組出演のオファーが来て、六畳の俺のオフィスで「どうしても出てほしい！」と山城に頼み込まれた。俺は黙って窓を見た。窓の外に雪が降り始めていた。そういえば、真っ黒な部屋で太って痩せている間に、夏と秋を見失っていた。潮時だな。そう俺は思った。実はこの日を舌なめずりするほど待ちわびていたのである。俺は見世物になっているのを楽しんだが、同時にトレーニング室に閉じ込められ尊厳を奪われたとも感じていた。悦楽と屈辱。二つの感情は複雑に絡まり合っていた。楽しんだ分は、十分稼がせたので恩返しできただろう。終わってないのは豚にされ晒し者にされたことへの復讐だ。あの日サウナでおまえは「こいつは豚にしていい」と確信したわけだ。それから半年も監禁され、おまえのために間抜けなハーフパンツ姿の醜い裸体を全国にいや全世界に晒し続けたのだ。「いかなる黄金をもってしても自由だけは売るな」クロアチアのドブロヴニクという町の要塞に刻まれた言葉である。これはせっかく調べたものの、マニアック過ぎてクイズにはならなかったやつだが、俺は黄金より大事なものを差し出したのだ。贖《あがな》うのは当然のことだろう。

いや、ことと次第では復讐にはならない。ある意味山城を本来の人間に戻す儀式だ。そう。生産性のまるでない男に。それが自分の使命であるようになぜか思えるのだった。

俺はテレビ出演に浮足立つ山城に笑いをこらえながら言った。「待て待て待て」と。そうだ。柔らかい口調で。「俺がマッチョというものをどれくらい軽蔑してきたか、おまえはわかってないだろう？　欧米人が勝手に作り上げた理想の身体の形を偶像的に崇拝できるおまえらの敗戦国丸出しの根性を。葛飾北斎の絵におまえみたいな身体の日本人が出てくるか？」やつが嫌いじゃない。だから口調だけは柔らかく言ってやった。山城は、きょとんとした顔で俺を見つめ返した。気持ちはわかるよ。俺は今までおまえの従順な豚だったのだから。

罵る。というのが山城のやり方だった。

「どうした豚。今日から徹底的におまえのダメな点をあげていくぞ。そうじゃないと一〇〇キロを七〇キロになんて永遠にできないからな。おまえが平気で一ヶ月前食ってたラーメンライス、あれの糖質は合計角砂糖四〇個分だ。糖を恐れろ。だから祈れ、おまえの身体が糖質でなく、ケトン体で動く未来を。だめだ。そんな半笑いじゃ。心からだ。太っているのは罪と思え。世界を見ろ。おまえみたいに太っている指導者がいるか？　金正日くらいだ（そういう時代だった）。尊敬できるか？　金正日を。心のなかでおまえも罵っていたはずだ。豚が指導者？　ふざけるな！　となあ」

初めはおもしろかった。山城の演説を聞いて豚に徹するのが。実際、山城が神で俺が豚、この立場を肝に銘じなければ到底三ヶ月で三〇キロも痩せられるわけはない。なので、自分で自分を洗脳し、罵倒され、地獄のような筋トレメニューを、ずっと悲鳴をあげているような顔でこなしていった。実際悲鳴も何度もあげた。あれは醜かった。「一日で一〇〇グラムしか痩せられてないじゃねえか。そんなにカロリーに未練があんのか？」罵られるたびに、脳髄から甘い汁が全身を駆け巡る。『フルメタル・ジャケット』というベトナム戦争の映画で鬼教官がデブで無能な部下を延々罵るシーンがあったが、山城はアメリカの軍隊方式を取り入れているのだろう。俺は、心から充実していた。しかし、そんなのは、山城がそばにいてこそだ。おまえは会社の用事で忙しくなり、「よし、一ヶ月で九・五キロ痩せた。プログラム通りだ。後はおまえ一人でできるよな」と、声優が洋画の軍人役の吹き替えで出すような声で言って、去っていった。バカか。一人でできるわけがない。あのトレーニングルームが見世物小屋だと割り切っていたからできたのだ。見世物は蔑むものがあってのものだ。急にデブになった上に今までほとんど走ったことがない人間が二時間もランニングマシンの上で走るには、サディスティックなマッチョの罵声が必要に決まっているだろう。俺は本気でヒイヒイ言っている。それを聞いているのは猫だけ？　なめるな！　感情があまり表に出ないから知らなかっただろうが、俺はなめられることをこの上なく嫌う土地柄に生まれた人間だ。おまえは、あの特訓は便宜上のプロレスだと思っていたかもしれない。俺もそうだ。しかし、プロレスでも人が死んでいることを忘れてはいけない。それも一人や二人じゃない。

リング上でバックドロップをうけて頸髄離断で死んだプロレスラー三沢光晴が最後に残した言葉は？

正解は「だめだ、動けねえ」。

すけべ心にもいいのと悪いのがある。おまえのは、悪いすけべ心だ。誰かの役に立とうとしたな山城？　それが一番たちが悪い。笑わせるなよ。命をかけても誰の役にも立たない。それは誰も口にしなかったが、師匠のもとに集まっていた頃の俺たちの暗黙のスローガンじゃなかったのか？　師匠のプロテインの差し入れ。あれに踊らされたな。あんなものはブラックジョークに決まってるじゃないか。

心を豚にすることにはまっていた時分はもちろんそこまで思わない。なにしろ、俺は舌を出し、よだれをたらさんばかりに次の指示や罵倒を待っていたのだ。だが、日をおいて会社でブログを清書するうち、おまえがいなくてもちゃんと言う通りに従うことができなかった挫折感が、怒りと復讐心にすり替わっていった。いや自分で巧みにすりかえた。俺は身勝手な人間だ。選んだおまえに結局センスがなかったのだ。

しかし、そんな恨みごとは一言も言わなかった。俺がどれだけ山城を裏切り、どうやって山城式ダイエットに頼らず痩せられたか、具体的に明確に、一切感情的にならず、教えてやっただけだ。優しい口調で。師匠に悪意というものは教わらなかった。悪意は独学だ。まだやり方がちゃんとわかってない。

俺の告白を聞き、山城は、手足を震わせ、顔面蒼白になり、俺の部屋から出ていった。思った以上の反応だった。まさか、手足まで震わせてくれるとは！　今の俺だったら迷わず携帯で動画を撮っただろう。俺は慌てて追いかけた。山城は、社長室に入って、もう俺のことなど目に入らない様子で、ダイヤル式の金庫の鍵を開けた。焦っていたのだろう、ご丁寧に番号を読み上げて。「右に……3。左に6。左にまた6」金庫には大量の現金とシャンパンが入っていた。迷わず山城はそれを取り出した。ドン・ペリニヨンだ。コルクをポンと抜くと冷やしてはいないので大量の泡が出た。それを山城は泡で洋服が濡れるのもかまわずラッパ飲みでなんと一本まるごと息もつかずに飲み干したのだった。さすがに驚いた。いつでも飲める場所に酒を置いていたなんて、やはり山城はこうなる準備をちゃんとしていたのだ。アルコール依存症という病を力ずくで真横にスライドさせ、空いた場所に筋肉バカという病を差し込んだだけなのだ。その日、筋肉バカの病はゴム銃で撃たれたように弾け飛んだ。それから、五日間、山城はありあまる仕事をすべて放り投げ、コンビニでスーパーでデパートで、もちろん酒屋で酒を買いあさり、社長室で（社長室と、倉庫を兼ねた応接室と、俺の部屋しかない会社だったが）朝から明け方まで連続飲酒した。いわゆるスリップというやつ。俺は山城と会社の営業形態が同時に崩壊していくさまをただ見守っていた。山城の禁酒は結局一年と数ヶ月で破綻した。

酒に耽溺する山城はきれいな姿をしていた。ある日も、社長室を覗くと、やつはコンビニから買ってきたワンカップ酒の蓋を開けるところだった。ぱかっ。開けて一秒も手を止めることなく、一回もむせることなく、すーっと、喉に日本酒を流し込み、カップを空にし、たあんと机に叩きつけた。一連のなめらかな動き、特に喉仏の上下運動は、そこいらのコンテンポラリーダンスより感動的な美しさだ。わかるよ。その後、おまえの胃のあたりから「寂しいよー」と日本酒が鳴く。そして、次の日本酒を呼ぶ。おまえはそのための容器だ。酒入れ袋だ。それがおまえの本来の姿だよ。

俺は五日目、試しに止めてみた。わりと真剣なおももちで。

「山城、飲み過ぎだぞ。そろそろやめとけ」

山城は、俺の顔に唾を吐いた。

全身が総毛立つのを感じた。

「心にもねえこと言うんじゃねえ！」

山城はそう啖呵《たんか》を切って、なぜか社長室から飛び出し、そのまま、足をもつれさせ、階段から踊り場まで転げ落ちた。まったく受け身をとらなかった。死んでもおかしくないような、バスター・キートン的祝祭感のある落ち方だ。だが、山城は死ななかった。そんなことで死ぬには身体を鍛えすぎていた。救急車が来るまでの間、俺の腕の中で目を半目に開けたまま山城は弱々しく歌を歌っていた。頭から出血しながら。よく覚えていないが、ざっといえば、こんな歌だ。

♪ねえ、教えてくれない？
どう行けばいいの？
一番近いウィスキーバーに
理由は、聞かないで
理由は、聞かないで

もしも次のウィスキーバーに

たどりつけなければ
私たちは死ななくちゃ
私たちは死ななくちゃ
聞いて　聞いて
私、絶対に死ななくちゃ

ああ、アラバマの月よ……

サヨナラを言わなくちゃ……


救急車が到着した。これからサビに入るいいところだったのに！

そのとき完全に思い出した。これは、師匠の家のレコードで何度も聞いた曲。さらに、ティナが、スミレのマンションでピアノで弾いた曲と同じものであったのも思い出す……。

なぜ、ティナは……、そんな事を考えている暇はなかった。

俺たちは、救急車に乗って最寄りの外科病院に行った。山城は応急手当をされている際、支離滅裂な言動をくり返したので、家族が呼ばれ、そのままどこぞの閉鎖病棟に連行されたのだった。

そして、それっきりだ。

救急隊員にその体を引き渡す際、俺は、山城の首元から矢印のペンダントを引きちぎった。そんなつもりもなかっただろうが、山城は行くべきところに行きつくわけだからもう必要ないだろう。俺は、冬空の下、両親のレンジローバーで山城が精神科病院に運ばれていくのを見届け、会社にタクシーでとって返した。その間、あることについて考えた。山城が階段から落ちるとき、なぜか山城のマンションにいたはずの大きな猫が俺の脇をすり抜け、転がる山城を飛ぶように追い越し踊り場の壁に激突、するかに見えて、壁の中にすっと消えていったのだが、あれはいったいなんだったんだろうか。なんという種類かわからないが、毛の長い猫だ。結論が出るわけもなく、俺は、タクシーから降り、オフィスビルの階段を駆け上がってドアが開きっぱなしになっていた社長室に入った。

「右に……3。左に6。左にまた6」

俺は山城の口調を真似しながら金庫のダイヤルを回した。ずいぶん覚えられないことが増えてきたが、さすがにこれは覚えていた。さまざまな契約書、山城の家族がここに来れば根こそぎ持っていかれるだろう現金（一〇〇〇万円の束が五つ入っていた）、ほかに、値打ちはわからないが金のインゴットも数枚。他にも、なにか重要なものがあったが、思い出せない。デスクの脇に「飛苦」のボトルの入った紙袋が山ほど積んであったので、そのうちの一つをとってどさどさと中身を放り出し、現金を詰めた。金のインゴットは……重いし売るのが面倒だからいいだろう。五〇〇〇万円でも充分重いのだ。この会社とはこれでおさらば。「飛苦」はどう考えても怪しい。ずっと飲み続けている山城の両目は日毎に右と左に離れていったし、どんなに調べてもライナス・ポーリング博士の弟子にチャウ・ロウなんて人物は見当たらなかったのだ。さらに、山城の軍隊式罵声については一切触れない粉飾だらけの俺のブログ通りにやって痩せられるわけがないではないか。この会社のいっときの繁栄は、山城の筋肉への妄信と俺の二枚舌の上に成り立つ砂上の楼閣。山城だって茶番のエンディングのための酒をちゃんと手の届く場所に用意していたじゃないか。

俺はこの五〇〇〇万と手持ちの二〇〇〇万で一生働かずに生きていこうと決めた。できることなら、このフロアにガソリンを撒いて火をつけて、すべての証拠を隠蔽したいくらいだ。

まさかそんなことをするわけもなく、しばらくそこにいて（何をしていたかは忘れたが）、それから俺はこのビルを出ていくべく、布団をとりに自分の部屋に戻った。あとの処理は優秀な山城の家族がやるだろう。

ドアが開いていた。

中にスミレがいた。

俺の机に左手をついて立っていた。後ろ姿だがわかった。窓のむこうで青味がかった濃いグレーの夕空に映えて降りしきる雪、それより白いコートを着ていた。傍らに大きなエンジ色のキャリーバッグ。そして、俺の机の上には、元の形になった俺のパソコンがなにごともなかったような風情で置かれていた。

そのとき俺は、片手に五〇〇〇万円の入った大きな紙袋、片手に山城からむしりとった矢印のペンダントを握りしめていた。

窓の外の雪を見ていたスミレが振り返った。ずいぶん伸びた髪が揺れ、顔の左側に縫い傷が見えた。単純な傷ではなかった。左目の脇からこめかみに向かい、また眉の方に細かいじぐざぐを描きながら戻ってきて、眉を貫き、額の方に一センチばかり飛び出ている。もともとそうだが、少しやつれているように感じた。スミレは薄く笑った。「上《じょう》の上《じょう》」の笑顔だった。少なくともそう感じとることができた。自分が変わったのか、スミレが変わったのかわからないが。

「……なんで、ここがわかった?」

傷にも笑顔にも見とれていた俺は、ようやく言葉を絞り出した。

「あなた、自分がどれだけ有名人かわかってる? ダイエット本の表紙になってるのよ。

太ったあなたと、痩せたあなた」今度はきちんと笑いながらスミレが言った。その笑いにはたった一週間一緒にいただけとは思えない親密さがあった。「本の奥付にこの会社の住所も書いてあるのよ。……今日いるかどうかは賭けだったけど」

スミレは賭けに勝ったというわけだ。ついさっきまで病院にいて、そして、あと五分もすれば俺は、もう二度とこの会社に現れるつもりはなかったからだ。充分だった。その縁だけでも充分だった。

「パソコン、直してくれたのか？」

「……正確に言えば、買い直したからデータの復活は無理なんだけど」

疲れているのか、デスクから手を離したスミレは、すぐにキャリーバッグの持ち手に肘をかけ体重を移動した。

「いいんだ」俺は言った。「まったく問題ない」

「ここに来たのは、パソコンを返したいというのと……」少しうつむいてスミレは言った。

「なんだ？」俺は聞いた。

「離婚して一〇〇日たったんで、伝えようと思って」

俺たちはその後、少し会社にいて話をし、ビルから歩いて一五分ほどの役所に婚姻届を出しに行くことになった。道路に一〇センチほど雪が積もっていたので、ヒールのついたブーツで来たうえに大きなキャリーバッグを転がしているスミレの足取りはおぼつかなく、ずっと俺の腕につかまっていた。俺とて布団を丸めて紐で縛ったものとパソコンという大荷物を背負っていたので、おぼつかないのはお互い様だったが、女と腕を組んで歩くのなんて生まれて初めてで、なるほどこうするとほの温かい気持ちになるのだな、なんてバカみたいなことを考えていたのだった。もちろん、なにしろ結婚をするのだから生まれて初めてのことがこれから間断なく訪れることは予想していた。

すでに二人とも身体が冷え切っていた。途中、酒の自動販売機を見つけた。今では考えられないことだが、その頃は街のそこかしこの路上で酒が手に入ったものだ。どちらからともなく販売機に近づき、二人で順番に硬貨を入れた。二人とも温かい日本酒のワンカップを選んだ。俺たちは最高に気が合っていた。

そのときは、だ。

一口で半分ほど飲んだ。二人ともである。二人でふうっと長い息をついた。凍てついた身体の真ん中に火が灯った。すると、スミレの顔の傷が哀れだと、とても哀れだと、ようやく思えてきて、俺はこの女を初めて抱きしめたいと思ったし、結婚したらすぐに抱きしめようと心に誓った。初めてのことは起き始めると、雪崩《なだれ》をうつように起き続ける。クソメスなんて言ったことを心から後悔していた。

「ひどい傷だな」役所に向かいながら俺が言った。もっと違う言い方はなかったかと、すぐに自分に腹がたった。

「うん。でも、人に会う予定があんまりなかったし」

俺は言った。「そういうもんかもしれないけど、ずっと治らないやつだろう？」

「……多分」スミレの顔が少し曇った。

また後悔した。あるだろう、ほかに言い方が。顔に傷を負った女の慰め方など、俺みたいな人間にわかるはずもなかったが、がんばりどころだと思った。

「そんなにぎざぎざに縫う必要あったかな？」

とうとうスミレは喋らなくなった。

役所につく頃には、消防車のサイレンが聞こえ始めた。二人の顔つきは慎重になった。

婚姻届はあらかじめスミレが用意していて、友達に証人欄を埋めてもらっていた。俺は、スミレの苗字、黒沢を名乗ることにした（その名も初めて知ったのだが）。スミレは「この黒沢って苗字、前の夫のやつなんだけど」ととまどったが、ならばなおさらよかった。

この先、名前を変えたほうがなにかと都合がいいと思ったのだ。自分が自分であった痕跡などあっていい人生でもない。それに黒澤明は大好きな映画監督で、何度もクイズの題材にしたのでその名前には馴染みがある。

すべて書き終え、受付に提出する前に、「確認したいことがある」とスミレが言った。

「なんだ?」

「二つあるの。私は今まで生きてきて三三年間、ある一年を除いて、ほとんど働いたことがないし、これからも働く気はないということ。これは心得て。もう一つは、あなたが腰を抜かしそうになったバブリーなマンションは、今はもうない」

「え? だって……」

「うん、もちろん、買ったもの。でもローンが残っていて、それを元夫が財産分与の代わりに払うっていう約束だったから、名義はまだ彼のものでね、でもあれからすぐ彼の会社が倒産して……破産した。で、あのマンションは売りに出され、私は出ていく他なかった。今となったら計画倒産だったかもね。あの人のことだから、破産しても隠したり分散させたりしてる資産はあるはず。つまり、きっちり復讐されたってこと。最悪よ。だから私、今、家具を売り払ったお金でホテル暮らしをしているの。もちろん、私はあなたに尽くそうと思っている。でも、今は何も持っていない。……そして働く気はやっぱりない。私はもう三三歳だし、二度目の離婚は絶対にしたくない。わかるわね？　次はない女なの。確認事項が三つになってしまうから言いたくはないし、見た目も中身も傷ものだし。そういう点……大丈夫？」

「……大丈夫だ」

とても強めのメッセージをいきなりもらった気がしたが、強すぎて頭が回らずそう答えるしかなかった。スミレは冷静な眼差しだった。なにより、いつの間にか役所のロビーの片隅でティナが見ていた。頼まれたのか？　それはわからないが、親友の今後を見届けに来たのだろう。黒いコートを着て、そして腕組みをしていた。彼女はその美しい眼差しでもって「大丈夫ではない」とはとても言えない圧を俺に向かって発していた。

「それでも結婚できるのね？」スミレは聞いた。

俺はうなずき、そして苗字が変わった。

それに関しては特に感慨はなかった。

片手にカップ酒を持ったまま、届けを出し終えて、俺たちは、消防車とパトカー、救急車らが横付けされた会社の方に戻ってみた。街の喧騒は、ティナとまた会える日々になるのだという高揚を煽った。山城の会社の入ったオフィスビルは、車のヘッドライトやパトライトの灯りでグロテスクにライトアップされ、周りに人だかりができ、三階の社長室と応接室の窓から煙が出ている。不穏な光景だがそれを降りしきる大粒の雪が叙情的に見せていた。社長室の書類と「飛苦」に、ジッポのオイルをかけて火をつけただけだからたいした火事にはならないだろう。俺の部屋を出る際「やっぱり火をつけるべきかな」と呟いたら「そうするべきよ」とスミレが言ったのでそうしたのだ。あの頃、うちの会社が入る程度のビルのセキュリティは甘く、監視カメラなどついてはいないのでのびのびやれた放火だ。最後に山城のデスクのパソコン、山城が置いていった携帯電話に入念にオイルをかけジッポで火をつけてから俺たちはビルを後にし、そして結婚したのだった。

ビルから少し離れた小さな公園で俺たちは騒ぎを見ていた。すでに、新しいカップ酒を買っていた。火事見酒である。

「あ、ちょっと火が出た」口から白い息を吐きながらスミレが言った。

確かに、窓からちょろちょろとオレンジ色の火がご挨拶程度に顔を出しては引っ込めている。

「ああ、でも今中に消防隊が入っていったから消えるのは時間の問題だろ」俺はタバコに火をつけて言った。

あんのじょう、消防士たちの迅速な活動によりすぐに俺たちが出したぼやは鎮火し（そうでなくても火災報知器に連動したスプリンクラーが作動して消えただろうが）、窓から見えるのは煙管《きせる》から出ているようなか細い煙のみとなり、野次馬は興味を失って散っていった。それを見ながら、もっと前にこれをやればよかったと俺は思っていた。小学三年生のとき俺が水死体のマネをした噂を誇張して拡め、俺に世間体の恐ろしさを必要以上にしつけようとした本業は盆栽屋の水泳コーチの家に、一八のとき実家を出るタイミングで火をつけるべきだったのだ。今は無理だ。三〇歳の大人のやることじゃない。俺は、あのコーチの庭に陳列された自慢げな数十鉢の盆栽が炎に包まれるのを夢想して興奮した。だが、もしあのときそうしたら、コーチの一家を皆殺しにしていただろう。それはまずいとも思うし、それができなかった無念もある。そう思うと、「火をつけろ」と背中を押してくれたスミレは、あのタイミングで現れたことでもう充分だったのだが、やはり結婚するにあたいする女だったのだ。今でもそれはそう思う。その日、少しはけりがついたような気もしたからだ。自らさらし者になっていながら、それに怒りを感じている矛盾に満ちた男の人生のけりが。

空はどんどん暗くなり、公園の街灯が灯ると、白の世界に二人だけになった。

「正直なことを言うよ」俺は、目の前に広がる白色を眺めながら言った。「俺も働く気はない。手元にある七〇〇〇万で死ぬまでなんとかしてみようと思っていたところだ」

「そう」スミレは言った。「素敵な考えだと思う。……すごく素敵だと思う」

「しかし、七〇〇〇万で二人分生きるとなると、計算をし直さなきゃな」

「なんとかできるわよ。二人なら」

そう言って、スミレは俺の手を握った。すっと寒さが消えた。俺はこのとき、三〇年の人生で「また初めて」ようやく、安心という感覚を身のうちに得た。そう確信したのだった。白い世界に二人きりで、温かい酒まで手にして、そして、なんとかなりそうだ。確かに二人で飲むワンカップはうまかった。そのうまさはずっと続くもののようにも思えた。そして、やっと気づいた。自分が底なしの孤独の中にいたことに。その孤独が、今、穏やかにほどけ始めたことに。

ご想像どおり、完全な錯覚だった。

そしてその錯覚は一夜で消えた。


スミレの泊まっている渋谷の246号線沿いの飾り気のないシティホテルで俺たちは初めてセックスをした。俺にとっては久しぶりのことで緊張したせいかなかなかうまくいかない。正直、気にしてないつもりだった顔の傷が気にもなってくる。これは一生のやつなのだろうか？　いや、今考えてもしょうがないと、かなり心を無にしてがんばった。それでなんとか最後まででき、まあ、上々なんじゃないかと思い、下半身を中心に身体が達成の歓びに包まれそうになった頃合いで、スミレが俺の身体を下から両手で突き飛ばした。

激怒していた。

「なんで、中に出したの？」飛び起きて、股ぐらをシーツの端で拭いながらスミレが言った。聞いたこともないような刺々しい声だった。

事情が飲み込めなかったが、自分がベッドから転がり落ちているのはわかった。「なにするんだよ」そう言うのがやっとだった。

「答えて。なんで中に出したのか？」

「……だって、もう夫婦だから」

スミレは頭をかきむしった。

「私たち、子供のこと話し合ったっけ？　一度でも。具体的に将来のこと話し合ったりしたっけ？　子供ができたらどんな教育を受けさせるとか、だとしたらどんな街に住めばいいのかとか、男がいいとか女がいいとか」

「……俺は、夫婦になるっていうのは、家族になることで、それは、イコール、子供を作るってこと？　だと、思ってたけど？」

そう言ってすぐに、結婚はしたけど子供のいない有名人についてのクイズを作ったことを思い出した。いくらでもいた。村上春樹、吉永小百合、松任谷正隆、由実夫妻、タモリ……そう。いくらでも。

「なにもわかってない。あたし、こんなバカと結婚したの？　パンツはいてくれる？　早く！　……ああ、いいわ！　そんなに探すんなら、もういい！」スミレは枕をつかむと床に投げつけ、体を震わせて泣き出した。そして小さく頭を振った。「いや、バカだから結婚したのよね。バカなら将来のことなんか考えなくてすむから。なのに、なにいっちょ前に私に将来をなすりつけようとするの⁉」

一気に頭に血が上った。俺は、数時間前心から悔やんだ言葉をもう口にすることになった。

「いっちょ前とはなんだ、このクソメスが！」

それにはまったく動じない風情でスミレが言い返した。「推察できない？」

「すい……さつ？」その言葉は、音でしか頭に響かなかった。

スミレはまた頭をかいた。「二〇代で結婚していて三三歳で別れるまで子供を作らなかったのよ？　子供を作るには一番いい時期に。私はなにもしなかった。そこにはもしかしたらわけがあると思えない？」

「……たとえば、どういうわけが？」

「たとえばじゃないのよ。わけを聞けと言っているんじゃないのよ。わけがあると少しも思わなかった、その想像力のない自分をどう思うか、についての話をしているのよ」

「じゃあ、じゃあ、言うがね」俺はようやくパンツを探し当て、穿きながら言った。「結婚するイコール子供を作るという考えは、わりと、なんだ、社会的に通底する観念であって、結婚相手がそういう常識の中で生きていてもなんら不思議ではないよな。妊娠したくないのであればそれはきちんと結婚する前に宣言しておかなければ、という想像力はおまえにあったのかな？」

スミレは、醒めた眼差しで言った。

「七〇〇〇万で働かずに二人で生きていくという前提の結婚よね。私はその結婚の姿を、美しいと思った。でも、そこにもうひとり加わるわけだ？　子供の基本的養育費っていくらか知ってる？　だいたい一六〇〇万円ぐらい。そこに教育費を加算すると国立大学を出たとしても三〇〇〇万はかかるの。七〇〇〇万引く三〇〇〇万は、四〇〇〇万。四〇〇〇万を二人で分けて二〇〇〇万。二〇〇〇万でどれくらい生きられるかしら？　せいぜいがんばって切り詰めて暮らしても一〇年ぐらいしか持たない。一〇年後、あなたは四〇歳そこそこでなんの職能ももたないまま一文無し。これが私たちの将来の見通し？　……ああ、いやだ、こうなるのよ、こうなるでしょ？　見通しがたつたたないなんて、一番私が考えたくないことよ」

　将来設計の計算の素早さに唖然とし、俺が黙ってしまったので、スミレは指で眉間《みけん》を伸ばしながら深くため息をついた。

「なんで私が子供の学費のことなんか知ってると思う？　……そうね、これは話したほうがよさそうね。私が子供を作りたいかどうかを確認しないまま避妊をしなかった無神経さについては、のちのち蒸し返させてもらうけどね」

　スミレは裸のまま枕元のタバコをとって、火をつけた。この部屋に何日ほどいたのかわからないが、すでにヤニ臭い。部屋の四隅にはなんらかのゴミが風もないのに吹き溜まっている。

「私、一年だけ中学校の教師をやっていたことがあるの。とても嫌だったわ。働くことそのものが。家が裕福だったから親が生きている間は家事手伝いでもしながら絵を描いたりして暮らすつもりだった。お金があるのに働かなきゃいけない意味が私にはどうしてもわからなかったから。でも、父親がそんなのじゃダメだ、社会を知るべきだ、なんて言うから、通ってた美大でいやいや教職をとって、地元の中学で美術を教えてたのよ。まあ、それなりに一生懸命やっていたつもり。でも、そこで……まさかそんなことになるとは思わなかったんだけど、一人の生徒と、教師になって半年で、いい仲になってしまった。ううん、いい仲、って言い方はないか。教師と中三の男子にいい仲なんてない。……なるべく自分をキレイに見せない言い方を選ぼうとしているけど、難しいわね。でも愛とかじゃない、最初はそんな錯覚もあったかも知れないけど、結局、性欲よ。若い大学卒業したての女と、中学三年の男子という一日に何度もマスをかいていられる動物の、性欲のぶつかりあい。……今、そんなふうな女に見えないなら、あの頃、やりつくしたせいね。でもまあ、私は恋愛経験があまりなくて、愛情と欲情を混同していたから、その美しい少年に夢中で、彼に毎日恋文を書いた。いや、書かされた。成績優秀で、いい方にも悪い方にも頭のいい子でね、まあ、本で読んだ知識を使われたんでしょうけど、私は、いいように操られ、恋文を書くようコントロールされたの。どう好きだ、とか、その日どんな体位で愛されたいかとか、今読んだら死にたくなるような、ずいぶん具体的なことまで。彼にとっては次に会うまでのオナニーの材料にすぎなかったんでしょうけど、私は浮かれていたから必死に書いて、その時間が、とても充実していた。どこでどうやって愛し合ったか、までは話さなくてもいいよね？」

俺は答えた。

「……いい」

とは言っても、頭の中は、キレイな顔をした少年と若い肉体のスミレが交わり律動し何度も絶頂に達するさま（その姿はなぜか、裸体のティナと時折入れ替わるのだが）の想像が止まらない。さっき果てたばかりなのに激しく欲情していたし悔しくもあった。俺との情交でスミレは決していってなどいなかったからだ。ただスミレの身体の中に果てた瞬間の俺を刺すような眼差し。そればかり覚えている。

「それから彼は、得意満面で私を操った。それこそ金の無心まで。彼からしたら、私はそこそこのおばさんだったから、立場は断然上と感じていたはず。でも、結局、その手紙が元で相手の親にばれて……」そう言って、少し言葉を選ぶような目つきをしたが、選ぶ言葉がなにもないことに気づき、すぐにスミレはあきらめた様子だった。「私、逮捕されたの。性犯罪者として顔写真付きで新聞に載ったのよ。週刊誌には『色情狂』とまで書かれたわ。その時はまだ『恋』だと思っていたけど、まあ、当たってる。ひどいありさまよ。さようならも言えずに私たちは別れた。もちろん学校はくび。いやいや決心して、いやいや働いた結果がこれ、『色情狂』の烙印を押されて強制終了。……でも、私は自分が下品な人間だってことだけはよくわかっていた。お金を調達できる幸せな境遇にあるのに、働くだなんて。それで本気で美術教師になりたかった清く貧しく美しい新卒の誰かを一人蹴落としているんだから。つまり、下品なのよ、いざとなれば金を用意できる人間が働くなんていうのは。その苦しさから彼に逃げ込んで、そして巻添えにしたの。さぞかし荷が重かったでしょうよ。結局、下品な人間が働けば、下品な結果になる。それだけのことよ」

スミレは濃い煙を吐き出し、吸い終わったタバコを灰皿に押しつけた。拍手をすべきかな？　俺は『労働こそ下品』というタイトルの一人芝居を見せられたような気分だ。なんて思っていたらスミレは、ベッドからのろのろと起きてテーブルの方に行き、そこにあった白ワインをなにか別の飲みかけの酒が入っていたグラスに注いだ。第二幕が始まるのだ。俺は姿勢を正した。

「その頃は、かなり絶望的な気分だったけど、まだ、完全に、というわけではなかった。世間に忘れられるまでずっと実家に引きこもっていて、それはそれで、むしろ私には完璧ともいえる世界だった。でも、暇っていうのは、恐ろしいものね。なにかやっぱりしでかしたくはなる。最寄りの駅の近くのデパートが主催するカルチャーセンターで、西洋建築史をやってるって聞いて、おもしろそうだから週一の講座を受けに行ったの。で、受講生と講師という関係で、前の夫と出会った。交流会の席で誘ってきたのは彼。ずいぶん年上だったけど、元夫は私の性犯罪の過去を受け入れてくれたし、はぶりのいい設計事務所をやっていて、とても裕福で、とても大事にしてくれたわ。それで、結婚を前提にお付き合いすることになった。親には反対されたけど、私は一も二もなくプロポーズを受け入れた。

マンションさえキレイにしてくれれば、一切働かなくていいと言ってくれたし、それ以上の条件は私にはないから。私は多分、具体的な傷がある今以上に傷物だったし。……ただ、五〇まで結婚していなかったというのにはちゃんと理由があって、夫は変態だった。一緒に住むようになってから何日かたった初夜の晩、『中学三年生とのセックスはどうだったか』について、やたら聞いてきた。その目はこれまで落ち着きはらっていた彼が見せたことがないほど興奮で濡れていて、それを恥ずかしくも思っていなくて、とても、とても……醜かった。ああ、こういうことか、と。私は一瞬でいわくつきの女が『娶《めと》っていただける』意味を理解して、その事実に観念して事細かに教えたわ。それから、夜の営みのたびに中学生の彼の性癖や体つきのこと、どんなふうにして彼がいったかを無遠慮に聞かれるようになった。この意味わかるわね?」

俺は、それを聞きながら、さきほど中学生とスミレの情交を想像して大興奮した自分を恥じていた。

それからスミレは、「元夫は、自分の身体を通して中学生男子と戯れていたのだ」というような意味のことを言った。俺にはよくはわからない感覚だったが、ようするに、女は抱けるが性根が少年性愛者だったということだろう。のちのち、夫が隠していた持ち物から未成年の男子が性犯罪に遭った新聞や週刊誌の記事のコレクターだったことがわかった。

中学生の彼が、やたら美少年だったと誇張して書かれた記事も大事にスクラップされていた、とも。それが元夫のお気に入りだったらしい。つまり、元夫はそもそもあの「事件」のファンだったわけで、スミレは、受講生という形で、毒蜘蛛がはっていた網に飛び込んできた極上の羽虫だったということだ。

なるほど、スミレのマンションにあった美少年の絵。あれは、元夫に描かされたものなのかもしれない。それほどマンションにあったあの絵には積極性というものがなかった。

「さあ、思い出して。彼の顔、描いてみて……」それがまた元夫の欲望をかきたてさせる材料になったのはやすやすと想像できる。

「でも、ベッドをともにするのはせいぜい月に一回程度だったし、夫は仕事で家にいないことが多かったから、受け入れたわ」スミレは自嘲気味に言った。「まあ、海外出張とかでは、のうのうと男の子を買っていたんでしょうけど、病気さえもらってこなきゃあ御の字。それで自分が競争社会というものから一抜けできるなら安い代償よ。後は、しっかり掃除洗濯をして、たまに彼を絵に描いてあげた。それで喜ぶの。手料理を食べることに興味はないし、基本、とても優しいし、そんなんで八年ぐらいは、楽に過ごせたわ」

ここで、ふうとスミレは息をつき、二杯目をグラスになみなみと入れた。ワインのボトルは空になった。

「でもある日、銀座で見かけたの。三越でお正月の買い物をしようと出かけたときに」スミレは一口飲んだ。「出かけるって、ほんとにあれね。いいことを引き当てないわね」

「見かけた？　誰を？」

「お別れも言えずに別れた中学生の彼よ。……三越の近くでガス管かなにかの工事現場の警備員をやってた。ニキビづらで太って、汚い金髪に脱色して、虚ろな目をしていた。別人のようになっていたけどわかったわ。人生の大事なところで切るべきカードを少年時代ですべて使い切って、将来をドブに捨てた人間の目をしていたから。三越をバックにしていたから、余計そう見えたのかもね。三越は、きらきらしていたから。とても声をかけられなかった。……ショックだったわ。元夫に求められるたびに、一五歳で時の止まったままの彼を思い浮かべていたから。だからか知らないけど、家に帰って夫を見た時、なにか、とても老け込んで見えたの。いや、違う、かな。見ないようにしていたものが露わになっただけかも知れない。そして、堰《せき》を切ったように夫の老け方が生理的に嫌になり始めたの。喉元のしわ。尻や頬のたるみ。肌のしみ。ぼこぼこ。動きのにぶさ。多分もともとそんな人だったのに、それに吐き気すら覚えた」

自分の中で押さえつけていたなにかがいっせいに悲鳴をあげたのかな、とかなんとか言って、スミレは鼻汁をすすった。ぎりぎり、泣いてはいなかった。

「夫との営みで、彼のことをお互いに想像する遊びが、もう不可能になってしまったの……、あの太ったニキビづらが浮かんじゃあね。それで別れたいと切実に思った。離婚しても財産分与で私は生きていけるはずって打算もあったわ。それだけの年数は耐えたのだから。……そこからの話は、だいたい会った日にした通り。嘘はついてないと思う」スミレはそう言って鼻をふんと鳴らした。もう泣く気配はなかった。皮肉な笑みさえ浮かべていた。「甘かったわ。暮らしに困ったらあのマンションを売ろうと思っていたのに。あんなおとなしい男にまさかこんな形で復讐されるなんてね。……まあ、それだけ傷つけたのよ、私が」

ようやくわかった。この女、スミレは、俺にそっくりだ。

晒し者であることがスタート地点であることや、人に依存しまくっているくせに、自分の不幸だけは人のせいにしないところも。それとは別に、スミレが描いた元夫の絵が急に老け込んだ理由も。あの自画像のスミレの目の世界を吸い込み裏返すような虚無も。今の話ですっと飲み込めた。

「私はすでに〝絶望済み〟の女なの」

そして、スミレは言った。その日その日のことについてはがんばる。でも、将来の見通しに関しては本当に期待しないでほしいと。俺が出ていった後、病院に行って顔の手術をした。それからしばらくして俺のブログを見つけた。最初は笑ったけど、なぜか、夢中になった。毎日読んだ。結果、俺が金持ちになったとふんで訪ねてきた。そして俺と二人きりで毎夜小さな宴を繰り返しながら、今ある金でできるだけ長く命をつなぎたいと思っている。結婚の約束は確かにしたんだからそうすべきだ。そう悪びれもせずスミレは言うのだった。

「話した通りのクソメスよ。わかってくれる?」

「わかった」そう言うしかなかった。似ていると思ったばかりに、それでもわからない部分の濃さが倍ほどにまして気がしたが、もう聞くことはない。小さな宴を繰り返す、という言葉が気に入ったというのもある。「でも、一つだけ聞きたい」

「なに?」けだるそうにスミレが言った。

もう、午前三時を過ぎていた。疲れが俺を女々しくさせていた。

「……目当ては金だけ、じゃないんだろう?」

スミレは、それを聞いてしばらく俺を見つめ、爆笑するのを必死にこらえ、それから近寄ってきて、両手で頬を挟んだ。

「……あなた、最初にバーで飲んだ日、あまりにも飲みすぎていたの覚えてる?」

「?」

俺が飲みすぎていた？

もう一度、心のなかで繰り返した。俺が飲みすぎていたって？

いつに比べて？

「私が、少しは控えたらどうですかって言ったら、あなた」スミレは、ついにけらけら笑った。「私の顔に唾を吐きかけたのよ。眉間に！　上手に！」

初対面の女に唾を？

俺が？

バーで？

まったく覚えていなかった。だから、なにも答えられなかった。

「それでいいのよ。覚えてなくて。私はあのとき、まだぎりぎり心の奥底にしがみついていた、なんていうの？　出来上がった姿が複雑すぎて、なにに対してだかわからなくなったような罪悪感から解放された。そんな気がしたの。私は、誰にでもいいから罰せられたかったのかもしれない。あなたの登場はタイミングを摑みすぎるほど摑んでいた。……この言葉以上のものが必要？」

俺は、やっぱり何も言えなかった。師匠が酒をたしなめた弟子に同じことをした話をただ思い出していた。あの温厚な師匠が！　それを真似た山城のことも。

スミレは続けた。

「私は、どう取り繕おうと生来のクソメスで、あなたは出会ってすぐに酒を差し出し、一晩でそれを見抜いた。そんな人にいきなりプロポーズされたのよ？　言っちゃなんだけど、あの日のあなたの唾は、今日のベッドでのやりとりより刺さったわ」スミレは少し遠い目で言って、そして「ごめんなさい。適切な冗談じゃなかったわね」と謝った。「でも、それで充分だったのよ。……ただ、クソメスに子供を産ませようなんて考えはよしたほうがいい。それは度を越した暴力だよ。そうじゃない？」

スミレは、目を閉じた。これ以上、言いようがないというように。

あの日、バーからマンションに向かう間にそんな時間があったのか。忘れていたが、こうして言われれば、うっすら思い出せるし、その記憶に紐付けしてその周辺のこともやたら細かく思い出す。俺は、そうだ。スミレの顔に唾を吐いた。まるで師匠を追悼するように真似して。薄々気づいていたことだが、わずか三〇歳にして、大事なこともそうでないことも俺は人並み外れて忘れやすくなっている。そのとき、その事実に恐怖を感じた。

「私からも今日最後の質問していい？　ほんとに眠いから、ほんとに最後」

大あくびをしながらベッドに戻ってスミレが聞いた。

「なんだ？」俺は相変わらず床に座っている。

「怒らないでね？　ブログで見るとあなた、細くてマッチョでファッショナブルな体つきだったけど、今、痩せてはいるのに、筋肉はそうでもないじゃない？　こんな短期間で筋肉ってなくなるもの？」

俺は言った。

「仕事仲間でコンピューターグラフィックスをやってるやつがいて、そいつに写真を加工してもらってたんだよ」

当時ＣＧの技術はそれほど高くなく雑な仕上がりだったが、ブログの写真の質もたいして気にならない時代だったので、なんとかごまかせたのだ。

スミレは笑った。「詐欺じゃない」

「痩せビジネスなんて、そんなもんじゃないの？」俺も笑った。

それでようやく事態はおさまり、二人とも同時に気絶するように眠りについた。

この日の出来事は多すぎるほどだったが、もう一つあった。夜明け近く、スミレに起こされた俺は、近いうちにパイプカットの手術をすることを約束させられたのだった。ひたすら眠くて「うん」と返事をした。俺も子供が欲しかったわけじゃない。ただただ生き物として自然に作るものだと思いこんでいただけなので未練はない。俺たちが自然な生き物だとはとうてい思えない。

俺はパイプカットし、いよいよ金以外なにも持たざる男となり、その代わり……にはならないのだが、東京近辺の地方都市S市に一五〇〇万円で中古の二階建ての家を買った。二人で酒を飲みながらゆっくりくたばっていくための家だからもう都心に住む理由はなかった。宴を誰にも邪魔されたくない。たとえ二人同時に死んでも持ち家ならさほど人に迷惑をかけない。そんな魂胆だった。俺たちは人生を小さな宴の繰り返しに賭けていた。

二階建ての木造モルタル作り。一階が一二畳ほどのリビングダイニング、風呂とトイレ。二階に六畳ずつの寝室と書庫がある。玄関の脇にゴミ集積所があって、週二日家の前にゴミが積み上げられるのが難点といえば難点だが、これは玄関の横の窓から直接集積所にゴミを投げ落とせるという利点でもある。ことに裏手が大根畑になっており、背の高い建物がそもそもない街なので、二階の寝室の窓からの景色に抜け感があるのが気に入った。人々の憩いの場は、車で二〇分ほどで行けるカラオケやボーリングのできるファミレス付きの複合商業施設ぐらいしかないが（もちろん俺たちはそんな場所にはいかない）、歩いていける距離にコンビニがあり、二四時間酒を補塡できる。それは素晴らしいことだ。全体的に手狭ではあったが、俺たちにはソファとベッド以外に居場所など必要なかったし、一八のときほとんど一文無しで田舎を出た自分が三〇代で家を買うなんて、やけに豪勢な気がした。いつの間にか、山城の家にいた猫もときどきいる。猫は、壁を抜けて外と我が家を出入りする。いたりいなかったりするのは飽きないものだ。

「いい感じだな」

俺は缶入りのレモンサワーを飲みながら二階の寝室の窓際に置いた赤いプラスチック製の椅子に座り、彼方に拡がる緩やかな山の峰を見ながら言った。寝室の扉を開け、隣の書庫の窓を開けると風が二階を爽快に吹き抜ける。

「そうね。とても」

スミレはマッコリを飲みながら答えた。風に柔らかい黒髪を洗われるスミレは湯のみ茶碗でマッコリを飲んでいてもそれなりに爽やかに見えた。

やがてゴミで覆い尽くされる未来を待っているリフォームした組木張りの床は、まだレトロモダンないい雰囲気を醸し出していた。

その未来はすぐに来た。

スミレが家をキレイにしていたのは最初の一ヶ月ほどだけだった。掃除と洗濯をまず放棄した。かろうじてニンニクの芽の炒め物や、イカの塩辛を乗せた冷奴など、簡単な酒の肴は作ったが、前の夫に与えていたほとんどのものは早めにあっさり手放された。あたりまえのことだった。今は酒がある。スミレは酒で忙しい。スミレを酒に浸したのは俺だ。そして、俺は前の夫のようには贅沢はさせられない。家事をしない、というオプションは甘んじてうけなければならない。気になったほうがやればいいのだ。ただ、俺も部屋の散らかり具合にかなり鈍感な方だ。そうなると意地の張り合いになる。お互いが汚さに負けて片付け始めるまで荒れる部屋を気にしないというチキンレースを競う形になる。スミレは、挑むように部屋を散らかした。二階への階段にも人がやっと一人通れる隙間をのこして、読みかけの文庫本や使いみちのわからない小物が積み上げられていった。まだ、本棚に余裕があるにもかかわらずだ。だとしても、かろうじて我慢ができた。俺の大好きな酔っ払いが常に横にいたのだから。

かあかあ!

という叫びが、朝と夕方に必ずけたたましく響く。

それが、凶兆だった。

この町にはカラスが多い。明け方、カラスの騒動で目を覚ます。ゴミ集積所に集うのだ。それは家購入の条件の想定外だった。大声でどやしつけ物を投げて威嚇すると「かあ!」と叫びながらどんよりとした空にばさばさとかったるそうに散る。そして、わらわら、すぐ戻ってくる。

　ゴミの量にカラスの量は比例する。だから俺たちは、なるべくゴミを出さないよう、夕食を家でとらず、夕方から飲みに出かけるようになった。電車で二駅ほど先のちょっとした繁華街のある町の安い居酒屋でよかった。まず、枝豆なぞでビールを飲み、それからおのおの好きな肴で好きな酒を飲む。そのまま居酒屋に一二時位まで腰を据えるときもあれば、手頃なバーに流れて終電を逃しタクシーで帰宅することもある。帰宅してスミレはまた昇りゆく朝日を見ながらビールから飲みなおす。帰宅すると外で摂取したアルコールがなかったことにされたように。

　ギムレット、マティーニ、ダイキリ、モスコミュール、マルガリータ、マイタイ……。シェイカーまで買ってきてカクテルにはまったこともある。わざわざワイシャツと黒のベストを買ってきて蝶ネクタイまでしてバーテンになりきってみたりもしたが、すぐに飽きてゴミに出した。その他、泡盛や紹興酒まで、様々な酒を飲み散らかしたすえ、スミレは、シャンパンにたどりついた。山城をドラマチックなスリップに誘い込んだあのシャンパンだ。テレビでやっていた『プリティ・ウーマン』という映画でジュリア・ロバーツが飲んでいたのに影響されたのである。ポンと開けてすぐ飲める。めんどくさくなくていいのだろう。俺は飲んだこともなかったし、薦められたが甘くてすぐに腹がふくれるので飲めない酒だ。シャンパンの悪いところは二つある。値段が高いところと、飲んでいると気持ちが高揚して散財する方にタガが外れるところだ。バーやレストランで頼めば、グラス一杯でコンビニならワインが二本買える値段になる。スミレは普段は吝嗇《りんしょく》なのになぜかシャンパンで酔うとおごり癖が出る。その頃、某駅の近くにこ汚いが渋めのテクノを流すクラブを見つけ、俺たちは週に二日ほど通うようになった。三〇人も入ればいっぱいになるハコだ。スミレはその場にいる田舎者のクラバーたちに「みなさんもどうぞ」なんて言って、なにかいいことがあった日のようにポンポンと景気のいい音を立て、貴族にでもなった気分でシャンパンをふるまうのだ。初対面のやつらは最初はびびる。新しい家に越してきて数ヶ月たつ頃には、スミレはかなりドスのきいた見てくれの女になっていたのだ。着るものにまるで頓着がなくなり、古着のジャージを切り刻みそれを継ぎ合わせてコート状にして羽織り、地面を引きずって歩いていた。いつもくわえタバコである。かろうじて口紅だけはひいていたが、髪の毛は伸ばしっぱなし。櫛もまともに入れる気はない。おまけに顔にじぐざぐの傷なのである。パッと見て思い浮かぶのは〝牢名主〟という言葉だ。しかし、酔うと存外に気さくで笑い上戸なスミレに惹かれ、自然と周りに人が集まってくる。下手をすると一晩でモエ・エ・シャンドンが五本空いてしまうこともある。ポンとコルクが飛ぶたび、屋台で油絵の個展を開いているやつとか、ディジリドゥという木彫りの楽器で運勢を占うやつとか、歯医者をやりながら闇でタトゥーを彫っているやつだとか……地方にもそれなりにわけのわからない人間がいて、そういう連中がその場で友達になっていった。俺はそいつらが大嫌いだった。しょせん宴と日常を律儀に区別している半端者たち。俺たちに金がなくなれば離れていくに決まっている輩だからだ。スミレは、シャンパンがあれば毎日を誕生日にできるとでも思っているかのようだった。そんな日は明け方カラオケに流れることが多い。俺は一切歌わないので先に帰る。俺は絶望的な音痴だ。音痴の正式名称は？

先天的音楽機能不全。正式にいうとさらに絶望感がつのる。

それにスミレが明け方に歌う戸川純は最悪だった。第一声から周りの人間をバッドトリップの世界に放り込む。

シャンパンを飲む金があれば、安いバーで一〇日は飲めるのに……と思ってしまうが言えない。俺の金だぞ、とはどうしても言えない。これが逆の立場で、スミレに金がもしあれば、それを惜しげなく俺に与えることは話し合わなくてもわかっていたからだ。それぐらいスミレは俺に身投げするようにすべてをさらけ出し明け渡し、一体化しようとしていた。

げんに二人は時折一体化した。ある日、珍しく俺は歯を磨いていた。鏡に映る姿は確かに自分だった。しかし、次の瞬間俺はソファで写真集かなにかを眺めていたのだ。あれ？と、思って、洗面所に行くと、スミレが歯を磨いている。そんなささいだが、不思議なことが時々あった。二人がかりで一人分くらいしか生きていないからだろう。

それにスミレが嬉しそうに飲んでいる姿はときにとても美しく感じられた。スミレが飲み始めると、俺は自分が飲むのすら忘れて、一定のリズムですっと紅のひかれた薄い唇に吸い込まれていく黄金の泡に見入ってしまう。見てくれにシャンパンが似合うのだから止めようもなかった。

飲みの席にはたまにいつの間にかティナが同席していることがあった。ティナは、いつものシンプルなのに目に栄《は》える服装で、スミレといるときはなにも喋らず、意味不明な微笑みをたたえながら俺たちを見ている。その笑みには魔法がかったものがあり、三人で飲むカウンターの小さな世界には結界のようなものがはられ、俺たちの酔いだけがなにか神秘的な力によって柔らかな金色の光に包まれ、祝福されているように思えた。二人とも、蔑まれるようなことはしていても祝福されるようなことは一切やっておらず、風呂にもあまり入らず、だいたいいつも髪の毛がべとべとしていたというのに。

ティナはスミレがトイレに行き、二人きりになる時間があるときだけ、俺の耳元でなにか意味深な言葉を囁いた。人生についてだったり、愛についてだったり、芸術についてだったり、とても大事な、示唆に富んだ言葉を。そのすべてを朝になれば俺は忘れてしまうのだけれど。

あたり前のことだが、外で飲む日々は確実に俺たちの貯金を予定よりずいぶん早く減らしていった。スミレはシャンパンに合うキャビアなどのつまみを平気で頼む。酔いの前では、かつてあれほどの剣幕でまくしたてた将来設計などどこ吹く風なのである。もちろんスミレのその脇の甘さを愛してもいるのだが、育ちの悪い俺はだんだん金が減っていくことに苛立ち始めた。

ジジイの登場がさらにいらいらに拍車をかけた。

ある日の朝、裏手の空き地から激しい工事音が響き渡った。

どぎどぎどぎどぎどぎ！

ブルドーザーが裏手の大根畑をぶっ潰し始めたのだ。俺たちは、昼間、道端に押しやられ死に絶えた大根の山を見て「もったいない！」と叫んだ。あれだけの大根があれば、どれほどおでんとタクアンと大根おろしで飲めたことか。次いで、ごぎぎぎぎ、ぎゅうんぎゅうん、がごごごご、がんがんがん！　削る音。掘る音。ぶっ叩く音。裂く音。それに混じって、男たちの怒声。泣き声、かと思ったらやはり機械音。そして、だからといって容赦せず通常運転で騒ぐカラス。

宵っ張りの俺たちは、必ず朝七時に始まるその騒音に叩き起こされる。そして、もちろん不機嫌になる。それが小競り合いを誘発する。スミレは、ついに工事をしている作業員たちにバケツいっぱいの生ゴミをぶっかけようとした。俺は羽交い締めにして止めた。その様子をやがてトイレになるのだろう穴を掘っていた男たちは狂った人間を見る目つきで見上げた。

俺は彼らの手前、

「やめろ！　こいつらのせいじゃない！」

と叱る。しかし、心の中はその何倍もの汚物を穴蔵で作業するやつらの頭の上から巨大なホースで流し込む妄想でいっぱいだった。「どうせそこは糞でいっぱいになるんだろ⁉なら、今、糞まみれになれや！」そう心の中で叫んでいた。

新しい家が建とうとしていた。我が家の二倍ほどの大きな家だった。なのに、庭がなかった。我が家の壁とのぎりぎりのライン、七〇センチ手前まで裏の家の壁はせめてこようとしていた。高い鉄骨の柱が立ち工事の足場が組まれたとき、俺たちは、この家が俺たちの家から景観と風通しというものを奪いにかかって来ているのを悟り身震いした。我が家と同じ二階建てだが、一階と二階の天井がだいぶ高く、我が家の屋根を軽く追い越す高さになる。家の表は、狭い道路を挟んで三階建てのマンションが建っている。両隣は我が家と同じほどの背のアパートだ。つまり裏の家の完成とともに我が家は四方から閉じ込められる形になるわけだ。我が家は酔っ払いの監獄となる。越してきて一年後のことだった。

家は三ヶ月でできあがった。

極端に窓の少ない、黒塗りの、そして監視カメラだらけのいかつい家だった。大根畑の主が建てたのである。それがジジイだった。もとの家は、大根畑を挟んで向こう側に建っていた昭和だか大正だかに建てられただろう広い平屋だったが、そこは潰して賃貸のマンションになるらしい。一人住まいである。一人ぼっちでただ死に時を待つのみのジジイが、なぜ急に畑を潰して要塞のような家をわざわざ建てたのか。それは、いまだにわからない。こちらとしては、ただ圧迫感を与えるため、だとしかうけとれぬ。

新しい家が建って、それを玄関のあたりから誇らしげに見上げるジジイを見て、我々は、「あのいつもうろうろしている憂鬱の妖精みたいな老人が持ち主なのか！」と愕然としたものだった。

越してきた日からジジイのことは認識している。もたもたと引っ越しの作業をしている我々を、遠巻きに、しかし無遠慮な眼差しで見続けていたからだ。ジジイは朝と夕方必ず近辺を散歩していた。八〇歳ぐらいだろうか。握りこぶしのように小さい頭は禿げ上がり、だいたいベージュ系のカーディガンを羽織っており、子供とみまごうほど背が低かった。夜行性の動物を思わせる大きな灰色の瞳はいつも物憂げで、目の縁は少し泣いているように赤く、誰と会っても挨拶することはない。眉毛がなぜかほとんどない。

俺とスミレがまだ引っ越ししたてで仲が良かった頃、ジジイの散歩の後ろを缶ビールを片手に興味本位でつけてみたことがある。明け方、飲み屋からタクシーで帰って来て、よたよた歩くジジイを見つけたのだ。ジジイは、ゆっくり歩く。とにかくゆっくりだ。ゆっくり歩いて、我が家から五〇〇メートルほどのところにある教会にたどり着く。立ち止まり、まだ人もいない小さな古い教会の屋根の十字架のあたりをだらりと手を下げたまま見上げ、それからなにをするでもなく急に踵《きびす》を返した。返す速度は決してゆっくりではなかったので、俺たちは慌てて、教会の敷地に植えられた名も知らぬもしゃもしゃした木の陰に隠れた。ジジイはそのまま、大根畑の向こう側にあった元の家の方角に消えていった。重い曇り空の下、背を丸めて遠ざかり風景の消失点を目指してさらに小さくなってゆくジジイは、ムンクの『叫び』の中のメインでない登場人物のようだった。俺たちは、あれはなにを意味するのかと帰り道混乱しながら話し合ったが、結局、

「なにか昔、貧困や死別などの不幸があって、キリスト教の静謐《せいひつ》なブランドイメージに憧れてはいたものの、極端な人嫌いだから、大勢が集う場所に加わる勇気もなくて、ああして毎日十字架を見上げることで、おのれの信仰心への俗物的憧れに折り合いをつけているへたれなのだ」

という予測に至った。俺は笑って道に唾を吐いた。スミレも唾を吐く真似をした。

その後、別の日に違うルートを歩いているジジイをつけてみると、夕暮れのただ電柱が一直線に並び両側に畑が拡がっている狭い道をとろとろ歩いていたかと思うと、突然なんのポイントもない場所で立ち止まり、ふうと息などついて、同じ道を逆走して来たりもして、なんだ、教会はただ偶然で、ただありあまる暇を歩くことで塗りつぶしているだけなのだということがわかり、ジジイのバックボーンを買いかぶりすぎていたというしょっぱい結論も出るのだが。

ただ、そのときしくじったのは、振り返ったジジイと目が合ったことだ。確実に合った。そして俺たちはかすかにであるが笑っていた。すぐに笑いを引っ込め身の隠し場所もないので、ひきつったような顔でジジイとすれ違って用もないその一本道を歩いていったのだが、それが第二の凶兆だった。ジジイの底なしの暇の正体を見てしまった。そしてそれを笑ったことを見られたのかも知れない。

何度もいうが、まだ、仲の良かった頃の話だ。部屋は荒れ始めてはいたが、そんなことはどうでもいいほど平和なときもあった。

ジジイはただの小心者ではなかった。ゆっくり、慎重に、小出しに小出しに、俺たちに干渉し始めた。最初は言葉ではなかった。視線や態度で。とにかくジジイは、顔の面積からいうと不釣り合いにでかい目で俺たちをじとっと見てくるのである。

ジジイは何時でもかまわず我が家のチャイムを押す。その音色で来たなとわかる。「ピン」と「ポン」の間に一拍空くのだ。なぜそんなことができるのか。真似してそう押そうとしてもそうは鳴らないので「ああ、ジジイだな」とわかるのである。

朝の五時半だった。俺たちは例によって酩酊していた。

ドアを開けても俺たちを真下から見上げるばかりで、ジジイは喋らない。そしてゴミ集積所を指差す。そこには俺たちのゴミだけがある。朝清掃車が来るのに前の日の昼過ぎに出しているのだから当たり前だ。そしてそのゴミ袋には、ビールやチューハイの缶だの酒瓶だのペットボトルだのタバコの吸殻だのティッシュだの電気コードだの着なくなった服だの、燃える燃えないに関わらずなにもかもが詰まっている。

「……」

「……」

ゴミを指差すジジイと我々とで点々と点々の応酬がある。ジジイの点々の事情はわからないが、俺たちに関していえば「なにも考えていない」からだった。しかし、沈黙にたまりかねたスミレが「なんでしょう？」と水を向けると、灰色の目をさらに曇らせてじっと見つめたあと、首を傾げるようにしてジジイは黙ってゴミの方に行き、ポケットから軍手を出してはめ、信じられないことにゴミ袋を手で引き裂いて、その場で「燃える」と「燃えない」を分別し道端に並べ始めたのだ。

「なにするんです⁉」

Tシャツとパンツ一丁という姿で、玄関から裸足で飛び出しヒステリックにスミレが叫ぶと、ジジイは弱々しい声で「こうしていただけるとありがたいんです」と言い放つのだった。相手の女がパンツ一丁であることには目もくれず。さらにいえば、スミレが片手にビニール傘を渾身の力で握りしめているのにも目もくれず。

その日はそれで収まった。その後、ジジイが俺たちと会話をするのはまれだった。ジジイの方もそのひとことを発するのが精一杯だったのだろう。それからは、チャイムが鳴った後、ドアを開けるとジジイはおらず、ドアの表にセロハンテープで貼り紙がしてあるのだ。大学ノートを裂いたものに筆ペンで書かれた達筆の文字。

「回覧板、回してください。もう一週間止まっています」

「昨日の午前一時頃、太鼓を打つような音が何度も聞こえました」

「女物の下着を我が家に向けて干さないでください。不快です」etc、etc……。

俺たちはそのたび、破り捨て、せせら笑うのだが、それでもスミレが徐々にまいってくるのがわかった。

謳歌できない。それに尽きる。

大量の酒瓶をゴミに出すとき、ジジイは必ずそれを予知していたように道端に現れ、ガシャガシャと大きな音を立てて捨てられるゴミ袋をじっとり見る。その目つきをなんと表現したらいいのか。蔑視するでもなく、憐れむでもなく、怒るでも嗤うでもない。がらんどうで、鏡に近い。……だから、ジジイに酒のゴミを見られると、とうに捨ててしまったつもりの「恥ずかしい」という感覚を思い出しそうになり虫酸が走るのだった。

ある日、俺が二階の書庫の窓からタバコを吸いながら通りを見ていると、ゴミ集積所の前に佇んでいるジジイの口元がもぐもぐ動いているのが確認できた。酒瓶の数を数えているに違いなかった。なんのために？　さらにジジイは、近くをうろついていた一羽のカラスに向かって、ポケットの中から白い粉を投げた。パンくずのようなものだ。すると、それを目掛けて電線に停まっていた五、六羽のカラスが「かあかあ！」なんて言いながら舞い降りて来たのである。ジジイはさらに花咲かじいさんのようにパンくずを撒いて笑っているようだった。

おい！　なんだ、その行動？　という疑問より先にこみ上げたのは怒りだ。うけとった情報はこみ入っているが、すべてが燃料となり一気に感情が沸騰した。俺は即座にブックエンド代わりに使っているどこか道端で拾ってきたレンガを棚から取り上げ、窓から投げつけようとして、すんでのところでとどまった。棚からいくつか単行本がなだれ落ちる音を聞いて正気に戻ったのだ。しかたないので窓からジジイの頭目掛けて吸っていたタバコを指で弾いた。すぐに頭を引っ込めて窓の下に隠れたので命中したかどうかは確認できなかったが、次の瞬間、ばさばささと、カラスたちが一斉に羽ばたく音が聞こえた。そして、そのうちの一羽がなんと開いている窓の桟に停まったのである。

俺は……びびった。

カラスは俺と目が合うとすぐに人間が鳴き真似しているような風合いで「かあ！」とせせら笑って飛び去ったが、高鳴る動悸が収まるまで時間がかかった。

もしかしたら……、ジジイは俺たちが逃れに逃れて来た「世間体」の役割をあの小さな体で一身に担おうとしているのではないか？　そんな気すらした。性犯罪者という汚名を背負い世間体に責めさいなまれた経験のあるスミレはなおさらその視線や行動に不条理な息苦しさを感じているようだった。やっと手に入れた俺たちの宴の聖地が、要塞のような家によって雪隠《せっちん》詰めにされ、そのうえ、足元のおぼつかないジジイがたった一人で担う世間の目に、汚染され始めた気分だ。

気分転換に玄関先においた鉢植えの観葉植物たちは、ふた月もたたぬうちに謎の枯れ方をして果てた。もちろん果てたものを片付ける気力もない。

スミレは、どんどん不機嫌に、どんどん刺々しくなっていった。シャンパンを飲んでいても華やぐのは一瞬のことだ。

「やっぱり、ジジイ、気づいていたのよ、あの日、後をつけて笑ったことに。あいつ、復讐しているのよ」

深い時間になると、必ずジジイの悪口になる。

「まさか、それは思い過ごしだろう」

俺が異を唱えると、今度は不機嫌の矛先が俺に向けられる。「あなた、わかってる？あの日、私よりちょっと長くジジイを見ていたからね。私より笑っていたからね。つまりやっぱりあなたは無神経なのよ」無神経という言葉がおのれから飛び出すと、自分で言っておきながらいつもスミレはハッとし、目つきは妖しく泳ぎ、そして、口論の迷宮へと二人を誘い込む魔の一言に手を出してしまう。

「だから、お気楽に妊娠させようとしたりできるのよ」

そして、俺が優柔不断だと言う。負け犬だと言う。学べないと言う。そのうえプライドが高すぎてバランスが悪いと言う。だから人として腐りかけていると言う。男ならジジイを一発殴ってみろとまで。私を守るためならそれくらいできるはずだ。そして、それができないのは、「あの日、大怪我をした私を放って逃げたあなたの人間性の程度の低さに由来するのだ」という、もっと前であれば封印されていたはずの、俺たちが二人の間で根本的に抱えている古傷のかさぶたを剝ぎ、そのため血が吹き出すような怒鳴り合いになるのだ。夜更けになり、酒の塩梅《あんばい》も調節できなくなり、二人のろれつが回らなくなって、小便に行くたびお互いがなにをどれくらい話していたのか忘れるまで、その泥仕合は続く。

そんな悪臭のするヘドロの沼にはまったような日々が続き、三年が過ぎようとしていた。三年の間に、スミレは歯医者の友達に頼んで背中にタトゥーを入れた。小さな天使の羽だった。俺の真似をしたのだという。俺のは彫りかけの般若の角だったというのに……さすがにそれは言えなかった。ひとつ家の中に般若と天使が同居するアイロニーはおもしろい。

とはいえ、俺はインテリヤクザ気取りの歯医者を夜道で後ろからフルスイングのバットで殴りつけてやりたいほど腹を立てていた。しかし、そうする前にオールバックで長髪の薄汚い見てくれの歯医者は、笑気ガスを使って友達と遊んでいて、昏睡状態になったままくたばったらしい。新聞に載ったそうだがもちろん読んでないので確認はできなかった。せめてもの慰みは、黄色とブルーを使って仕上げたスミレの小さな天使の羽がとても美しい仕上がりになっていたことぐらいか。

俺は、「俺たち」のことを考えるたびにため息をつき、舌打ちするようになっていた。

2

そして、三年目の今日、例によって夜明けまでお互いを罵りあった末、タバコの煙で霞みがかった明け方の光の中、半裸で眠るスミレをダイニングテーブルの椅子に座ってぼんやり見つめながら、俺は過去に思いを巡らせていたというわけだ。

一睡もしていないのに頭がどんどん冴えてくる。初めは崩れ落ちそうな浅い座りだったが、今は椅子の上で両の膝を抱えている。もうこの姿勢で二時間はたっただろう。けつが痛くないか？　もう麻痺している。

表ではカラスがまた騒いでいるが、それ以上に自分たちが騒がしくなってしまったため、もう、しばらく前からどうでもよくなった。

しかし、このままでは共倒れ（いや、初めからお互い倒れた状態で出会ったのだが）、もしくは、俺がスミレにとりかえしのつかない暴力を振るってしまう。自分の伴侶にも本気の暴力を振るう。俺が生まれた土地にはそんな男はざらにいた。しみついた土地柄の力には抗えないと俺は考えている。現に、頭の中にスミレをぶっ殺すシミュレーションが具体的なビジュアルとして短い時間に、ぱぱぱぱぱ、と五つも浮かんだ。

それを打ち消すために師匠のことを思い出し、ついでに二人が出会ってからのことをずいぶん長く思い出していたのだ。

思い出の要所要所で衝動的に床の雑誌を壁に叩きつけたりもしているが、スミレは起きない。代わりに「ううん」とかなんとか言って寝返りをうつ。するとじぐざぐの傷がこちらを向く格好になり、不意にスミレの救いがたいほどの泣き顔が頭に浮かんだ。

めったに泣かないスミレがとんでもなくしょうもないことで泣いていた日のことを思い出した。あえて頭の片隅に追いやっていた哀しい記憶だが、あの日を境に俺が今後の二人の行き先に関するあるビジョンに対してぐいと舵を切ったことは間違いない。

二ヶ月ほど前、リビングのソファでスミレは酒も飲まずに泣いていた。一日中鼻のあたりを真赤にしてぐすぐす泣いているのだった。わけを聞くが、「恥ずかしいから」と答えない。「いいから言えよ」「いやよ」の押し問答のはてにスミレは「鏡越しなら」と言って、部屋の中央の壁に立てかけられた姿見越しに俺に向かってこう答えた。

「……つまらないから」

「つまらないから……?」俺は復唱した。「つまらないから泣いてたのか?」呆然とするしかなかった。

「ほら、そういう顔をするじゃない。そんな、それだけで、と思うじゃない。しょうもないことで泣くなよって思うじゃない。だから言いたくなかったのよ！　なんで言わせたのよ！」

スミレは顔をくしゃくしゃにして、後半の方がどんどん激しくなるトーンでそう言って、間近にあった灰皿を姿見に投げつけ、壁にかけてあったコートを羽織ると財布を持って逃げるように外に出ていった。鏡はもちろん割れた。俺は渾身の舌打ちをして、足の裏を二箇所ほど怪我しながら飛び散ったガラスの破片を片付け、ガムテープで鏡に入ったひびを補修した。そして、ガムテープによって大きな「人」という字が浮かび上がった姿見に映る歪んだ自分を見て「やはり限界だな」とつぶやいたものだった。人という字は人と人とが支え合ってできている、と臭いセリフを誰かが吐いたが、鏡のひびはそんなふうには見えなかった。人と人とが倒れたとき、偶然ぶつかった状態で倒れ損ない、そのまま延々斜めにぎりぎり踏ん張ってもたれかかったまま立ち続けているのだ。そう見えるのだ。

そもそも金が底をつきかけていた。外でこんなにシャンパンを空け、人に奢っていたら当然のなりゆきである。しまいにはスミレはレストランでビンテージの赤ワインを注文したりするようになっていた。その向こう見ずな金遣いは、俺の愛情の度量に挑んでいるかのようだった。

俺たちは、たった三年で数千万円使ってしまった。スミレの取り巻きになった田舎のアーティスト気取りの連中はあんのじょう金の切れ目とともに去っていった。いっそ、またクイズを作りだめして売ろうか。俺は、スミレが鏡を叩き割って部屋を出ていったその日、スミレが買い替えてくれたパソコンをこの家に来て初めて開いた。例のクイズ番組はまだ続いていていた。土下座のひとつもかませばまた雇ってくれるだろう。それぐらいの実績は積み上げてきたはずだ。「クイズなんてつまらないことを……」、そうスミレになじられるかも知れないが、そんなときには米の研ぎ汁の入ったコップを突き出してやるしかない。今日から酒の代わりにこれでも飲んでみるか？　と。

スイッチを入れ、まずなんとなくメールを開けて見た。あんのじょう俺宛のメールは結婚して半年あたりでぱったりなくなっている。便利なことに返信さえしなければメールというものは来なくなるのである。その代わり、見覚えのないアドレスと俺の無意味なアルファベットの羅列のアドレスが、定期的に連絡を取り合っているのがわかった。俺のアドレスにはすべて「スミレです」と件名がついている。躊躇もなく俺はそのやりとりを読んだ。「私も使っていいよね」と言われ二人共有のパソコンということにしたので、読まれることを厭《いと》っているわけではないだろう。なにしろ俺のアドレスなのだ。

相手はスミレのことを先生と呼んでいる。

センセイ、せんせい、先生ね……。

あの淫行相手の中学生に違いなかった。まだ、つながっていやがったのだ。

「どうしているのかなと思って連絡してみました」

始まりはスミレからか。それ以前にスミレがこのパソコンを使った記録はない。嫉妬なんて感情を俺は最も軽蔑していたが、胸がざわつくのを抑えられなかった。メールのやりとりはここに越してきてパソコンをケーブルに繋いだ日から前日まで、つまり三年近く続いている。

やりとりの初めの頃は、長文の、学校での不始末をスミレが謝っているようなメールもいくつかあったが、それは飛ばして読んだ。俺は二年ほど前から長い文章が読めなくなっていたのだ。途中で文字がただの模様に見えてくるのである。文章はだいたいでしか読むことができない。だが、やりとりの性質はわかった。

授業だった。

スミレは、豚みたいに太ってしまったかつての教え子（もう二〇歳は超えているだろうが）を、さんざ校舎の暗がりでやりまくっていた頃のように痩せさせようとしているのだった。それも、俺と山城が出版した本のマニュアルに従って。まあ、俺の身体を見れば、それが成功する手引だと思われてもしかたない。「君は痩せたいと思っていると思う」そうスミレは相手のことを決めつけていたし、相手も「そう言われればそうですね」という軽めのノリでそれを受け止めていた。元中学生は警備員のバイトをしながら宅建の資格を取ろうとしているようだったが、メールから感じとれる雰囲気ではいっこうにそれは叶いそうな予感がしない。スミレの話によると「頭がいい子」だったはずだが、文章の組み立て方は師匠直伝で修業した身の俺に言わせれば、誤字脱字も多く小学生レベル。スミレとてよりを戻そうという感じはなかった。もう一度美しさを取り戻せれば、きっとなにかとうまくいく、という罪悪感に端を発した無根拠な思い込みで、スミレは山城が書いたカロリー計算や俺の運動量をこまめに送信していたのだ。どうやら、山城の会社からせしめてきた飛苦も元中学生の住所に送っているらしい。会社に訪ねてきたあの日、引きずっていたでかいキャリーバッグにたんまり詰め込んでいたに違いない。

せこい女だ。

俺は、とてつもなくまずいし飲むとそわそわして落ち着かない気分になる飛苦など、山城の前以外で飲まなかったし、あの後すぐ、覚醒剤に限りなく近い成分が入っていたことが発覚し、大問題になったというのに。スミレも元中学生もそのニュースを知らないのだ。回収騒ぎになろうにも、山城は隔離病棟に行き、俺は姿をくらまし、すべての証拠は火と燃えた。俺たちはまんまと逃げ切れていた。

しかし、あれほど非人道的ストイックさを求める減量法が、中学生にして自分の教師とずぶずぶの肉体関係を結ぶような欲望の蛇口がぶっ壊れている男に遂行できるはずもなく、毎度スミレにせっつかれて送られる元中学生の体重は、飛苦を飲んでいたときこそ一気に減ったが、なくなってからは減っては増え減っては増え、九〇キロあたりをうろうろするばかり。ついに「これ以上無理です。もう連絡しないでください。さようなら」という返信によって「授業」は一方的に断ち切られたのだ。それに対するスミレのリアクションはない。

三年かかって結局一キロも痩せさせられなかった。あげく、一方的に別れを告げられた。それが「つまらなくて泣く」につながるわけか。

ちょっと待てよ。

スミレは、ブログの中で飛苦を飲んで痩せていく俺を見て、同じように美しく蘇る中学生を夢想した。それだから俺を訪ねてきたのか？　アホだな、俺は。ようやくそれに気づいた。だしに使われたってことか。俺は、頭に焼けた金輪をはめられた気分になり、身体の奥からこみ上げてくる毎度おなじみのフレーズを吐き出さないわけにはいかなかった。

「クソメスが」

俺は、久しぶりにキーボードを打ち鳴らし、俺が痩せた本当の方法をメールに書いて元中学生に送った。丁寧に俺が太っていた頃と痩せた写真を添付して。山城の提唱した方法は、やつが新しい事務所を構えてから何一つ実践してない。俺の目の前にいない限り、何一つだ。ただただなにも食わずにジンをソーダで割ったものをがぶ飲みした。師匠がジンに手を付けてからどんどん痩せて行ったのを覚えていたからだ。あとは作家時代の元キックボクサーの友達に金を払ってマンションに呼び、部屋にフルボリュウムでトランスミュージックを流し、グローブとヘッドギアをつけて、一晩中げらげら笑いながらぶっ倒れるまでキックボクシングをしていた。ビタミンやカルシウムなどの栄養はサプリメントでとった。身体にいいのか悪いのかわからないが、それを毎日のようにやっていたらおもしろいように痩せていったというだけのこと。ブログに書いていたのは、すべて作り話。それを打ち明けられた山城はショックのあまり隔離病棟にUターン。それを書き連ねて「さあ、元中学生、次は、酒を飲みながら痩せられるまったく新しいダイエットだ。お試しあれ」と結んだ。こみ上げるむかつきはまだ収まらない。深夜だった。スミレは街に繰り出しているる最中だ。俺は、わざわざ二階にかけ上がり、かつてやったように窓から地面にパソコンを叩き落とした。道は暗く、ちゃんと壊れたような音もしなかったので、一階に降り、玄関から外に飛び出し、靴で思い切り踏んだ。ばきっという音がして「いてっ!」と、俺は叫んだ。すでに底のゴムが破れていた運動靴から素足の親指が突き出していて、そこになにかの部品が刺さったのだ。俺は、痛みに弱い。だから入れ墨も断念したのだ。悲鳴を上げながら、その場で靴を脱いでゴミ捨て場に投げ捨て、けんけんでもって家に引き返し、絆創膏をとるため姿見の脇の棚にある薬箱を開けた。

雑に放り込まれた薬の中に、もううっすら忘れかけていたものが入っていた。山城が首から下げていた矢印のペンダントだ。矢の先は俺の額を射抜くようにパンシロンと絆創膏の箱の間で逆さまに突っ立っていた。矢印は、こちらに矢先を向け、らんらんとしていて、太陽の塔レベルの存在感を薬箱の中で輝かせていた。いつここにたどり着いた？　まったく記憶になかった。考えたくはないことだが、それがまたなにかを指し示している気がする。やめろ。やめとけ！　錯覚だ。だけど、鮮明にフラッシュバックする師匠の亡骸の記憶とともに、心のざわめきが止まらなかった。

スミレ、俺と二人きりではもたないのか？

自分だって、スミレとの結婚にはティナという美しい友人が特典としてついてくると期待していたことはまったく棚にあげていることも自覚しつつ、それでも絆創膏を親指に巻きながら、腹が立ってしかたなかった。嫉妬というより、俺たちが俺たちだけで時間が潰せないという誰にもぶつけようもない苛立たしい現実を矢印に突きつけられているような気がしたからだ。その矢印に導かれるように、少し前から浮かんでは打ち消していたある考えに脳内の八〇パーセントぐらいを支配されていた。

スミレを（もうすでに半分以上そうなりかけているのだろうが）本格的なアルコール依存症患者にして山城のように閉鎖病棟に叩き込み措置入院させるという輝かしいビジョンである。

別れることは一〇〇パーセント考えられなかった。スミレは唯一無二の女である。一度契った女と別れるなんてことは俺にはできない。それは一見立派な意見のようにも思えるが、要は絆というものにあさましいからだ。欲が薄汚すぎるからだ。スミレとの絆という甘い飴玉をまだ全然俺は舐め尽くしていない。

スミレにはメールを読んだことは黙っていたが、きっかけは別の角度からも訪れた。「つまらない」と泣いた次の日から、スミレは気持ちをすっきり切り替え、とんでもないことを考え始めていたのだ。

ジジイを殺して、いや、殺さないまでも外傷を与えるなり、監禁などして金を奪えないかと言うのである。

「三年見てきたけど、身寄りのある感じはぜんぜんしないよね。正月だって誰も来ないいしどこにもいかない。あの人、金と孤独を持て余しすぎていて、それであんな無意味な豪邸をいきなり建てたり、どうでもいい我が家に干渉してくるのよ。あの手の老人は銀行を信用してないからね、絶対家に大量の現金があるはず。墓場までは持っていけない金なら使ってやるほうがこの国のためになるじゃない？　あるいは、もっと懐に入って、ジジイにとって私たちが唯一無二の存在になるって手もない？　遺産が私たちに入るように遺言を書いてくれるようにしむけられないかな。私この間、笑いかけてみたのよ。……そしたらあの人、まんざらじゃない感じだった」

そんな妄想の物語を喋りたてている間、スミレはいたって陽気な様子だった。気がふれかけているのかもしれない。俺は素直にそう思った。考えてみればスミレのモラルがぶっ壊れているのは今に始まったことではない。元々は淫行で捕まった犯罪者だし、事務所に放火した件にしてもまったく躊躇がなかったし。壊れ方の度合いが酒と退屈によって強固になっていっただけで、タガはもともと外れていて、そんな女だからこそ俺は愛してしまったのだし、スミレも俺みたいな男といきなり結婚しようなんて思ったのだ。

それからスミレはジジイに出くわすたびに積極的に話しかけるようになった。スイッチが入ったときのスミレの気さくさは輝かんばかりだ。殺すか、とりいって遺産を手に入れるか、それを考えるのが生きがいのようになっていた。ジジイも調子に乗ってだんだん饒舌になり始め、結果、プラスとマイナスの磁石がくっつくように、二人は響き合った。ことにここ数日は時折軽口を叩き合う、一見仲の良いご近所さんみたいに見えるのだった。

しかし、ジジイは、やがてくる殺されるかも知れない未来を半分甘んじて受け入れようとし始めているのかも知れないし、それを待ち望んでいたのかも知れない。スミレと話しているジジイの目の奥にそんなタナトスの渇望がある。俺にはそんなふうに見える。むしろ、そのためにここまで俺たちを追い込んできたのではないかとすら。それくらいジジイには、想像させる力がある、見えていない部分が大き過ぎる。スミレはきっとジジイの孤独の蟻地獄に引きずり込まれている。スミレの話を聞いていると俺ですら「もしかしたら実現可能かも」と思考が危うい淵に立ち、後は背中を押されるだけ、いっそ雪崩れ落ちてみようか、という気分になるのだ。

手遅れにならないうちに一刻も早くこの女を閉鎖病棟に叩き込まなければ。スミレがジジイを殺すか、俺がスミレを殺す前に。スミレは物語をいつも自分の脳内で作り上げ、それに沿うように生きることに酔っている。つまりはバカだということだ。中学生と淫らなロマンスを演じたことも、老人と結婚したことも、別れたその足で俺と結婚したのも、ジジイから遺産をせしめようとするのも、スミレの思い描く劇的な、あるいは甘い人生の物語のためであって、とはいえそんな物語はいつもコントロール不全になるからヒステリーを起こすのである。実際は、物語を作りだして悦に入っている女が登場している物語がそこにあるだけなのに。俺はけたけたと笑った。誰もが物語の外に出ることはできない。そんな傲慢は許されない。こういうバカはやはり入院させてやるのが優しさというものだ。ただ、今差し迫って大事なのは「契ったまま」の状態で俺からスミレを隔離することだ。なにしろ俺はスミレの親族で、患者を隔離病棟へ入れるには親族の同意が必要だ。離婚は、絶対にない。男が女と一生添い遂げる。人間以外にそれができるのは？

タツノオトシゴだけだ（諸説ある）。

俺は、くしゃくしゃになったマイルドセブンの箱から最後の一本を取り出して火をつけた。そして、痺れたけつをぐうで殴りながら椅子から立ち上がって歩き、流し台の一番上の引き出しを開けてみる。本来菜箸やナイフ・フォークなどを入れておくべき場所である。が、そこにはショットグラスが二〇個ほど整然と並べてあり、それぞれにウォッカやラム、テキーラなど強い酒が七分目ほど注がれている。そのうち六つが空になっていた。いけいけ、もっといけ。飲め、スミレ。と、俺はほくそ笑む。餌を使った罠を張るタイプの漁師はこんな気分になるのだろうか。俺はスミレを本格的にアルコール依存症の罠にはめようとしているのだ。妄想が出てきたり、連続飲酒に陥ったり、精神的身体的に深刻な病気になれば、正式に措置入院させてあげられる。もちろんスミレは力いっぱい抵抗するだろうから、入院時は前後不覚になるほど酔っ払っていてもらわないと困る。

ゴーゴー！　閉鎖病棟！　ゴーゴー！　措置入院！

そんな鼻歌を歌いながら俺は引き出しを閉じた。さらけ出しっ放しは良くない。罠はさり気ない状態でないと。

俺の作戦は、スミレの無謀な計画と同時に進行していた。100円ショップでショットグラスを大量に購入し、家にあった酒という酒を注いで、あらゆる場所に隠した。台所の引き出し、スミレが本棚に飾った俺には価値のわからないオブジェたちの隙間、洗面所の鏡の裏の棚、ハサミなんかが入っている小物入れ、寝室の鏡台に置かれたリップクリームの隣、少々危険だがスミレの下着が入ったタンスの引き出しにまで。下着の奥からグラスが三つほどご挨拶する塩梅だ。

スミレは思うだろう。う？　これはなに？　ショットグラス？　なぜ、ここに？　手にとってみる。酒らしきものが入っている。嗅いでみる。ラムだ。なぜ？　少し舐めてみる。やはり、ラムだ。なぜ？　これを仕込んだのは夫しかいない。夫はどういう気持ちでこれをここに？　なんて思う間に、それを飲み干しているだろう。なにしろいいラムだ。ショットに七分目というのが、よく考えずに飲ませるいい量なのだ。飲んでしまえばなぜ俺がそこに酒入りのグラスを置いたかなんてどうでもよくなるだろう。

スミレは、隠しているグラスを見つけるたびに思惑通りに飲んだ。あんのじょう、俺に

「なぜこんなことをしているの?」などと聞くことはない。酒に対して無礼な女じゃない。どんな形であれ、酒が用意されていれば、それをご褒美と感じ、礼儀正しく飲む女だ。口をつけたグラスはすべて一滴残らず飲み干されていた。

日に日にスミレが隠し酒を見つけ、そして飲む量は増えていった。昼過ぎに起きてスミレは顔を洗い、歯を磨く。俺はその後、洗面所に忍び込むように入って、歯磨き粉の入った鏡の裏の棚を見てみる。ハンドクリームやクレンジング液、その他俺には意味をなさない化粧品のはざま、合計五つのショットグラスがそこには隠されている。もちろん、この先酒を飲めなくなるスミレへの最低限の礼節として、すべてに普段手を付けない高価な五種類の酒が注がれている。ラムはクレマンの一〇年、ウィスキーはグレンリベットの一八年、ウォッカはアブソルートエリクス、テキーラはパトロンレポサド、二五年ものの瓶仕込みの紹興酒。ジンは……やはりジンはまだ飲ませるわけにはいかない。

初めの頃はさすがに起きてすぐそれに手を付けることはなかったが、二週間を過ぎたあたりから一個、また一個と空のグラスが増え始めた。起き抜けに、しかも希釈しない酒を飲み始めればアルコール依存症まっしぐらだ。空いたグラスにはもちろん同じ酒を補充してやる。

酒の罠を張り巡らし始めて二ヶ月、スミレはついにこの家すべての酒の隠し場所を理解してくれた。俺との口論やとりとめないジジイの話を相変わらず繰り返しながら、高価な隠し酒を求めて、ロールプレイングゲームのキャラクターのように一日中スミレは家の中を移動している。夕方頃にはもうべろべろだ。明け方近くになって、階段の一段一段を座った姿勢で登りながらショットのグラスを空けて行くスミレを見たときは、静かに感動したものだ。もうまともに立って歩けなくなっているのに、目の前にしつらえた酒を飲まずにいられない姿はなにしろ哀れだが朝焼けの陽の光の具合も相まって神々しくも思えた。俺に疑念をもたないスミレの強さにも震えた。もちろん嗜虐心はある。復讐心もいくぶんかある。スミレがぶっ倒れれば手を叩いて喜ぶだろう。しかし、山城をシャンパンに導いたときとは、全然状況が違う。スリルは感じているがそれをハッピーに楽しめてはいない。

あまりにも簡単すぎる。スミレは俺の罠にはまってくれ始めているのかもしれない。俺たちの終焉が近いのを悟っているのかも。

そんなことを思いながら寝顔を見ていると、ふとスミレが目を覚まし、まぶしげに目をこすって、そして、俺の方を見た。「おはよう」と、スミレは微笑みかけるのだった。今朝方まで続いた剣呑な空気はそこにない。俺は、これから閉鎖病棟の隔離部屋にスミレを置き去りにする光景を思い浮かべる。出口のあたりで我慢できずに振り返ると、スミレは観念したおももちで精一杯強がって笑いながら、金属製の檻の中でベッドに腰掛けて手を振っている。そんなビジョンが頭をよぎる。そのとたん、涙が溢れそうになった。なんの涙かわからないが、歯を食いしばってこらえる。すると代わりに猛烈な吐き気が腹の奥からせり上がってきて、俺は便所に駆け込んだ。

俺は大量に吐いた。こんなことは久しぶりだった。いや、軽く吐くことは何度もあった。だが、こんなに長時間はなかなかない。吐いて吐いて吐くものがなくなり便器に頭をぶつけそうになりながら空えずきしている間にリビングから俺の携帯がなる音が聞こえた。

「もしもし……どなたですか」

勝手にスミレが出た。それはいい。逆の場合なら俺もそうする。しかし、驚くことに、しばらく相手の話を聞いていただろうスミレは急に、たどたどしくではあるが、割と発音のよい英語を喋りだしたのだった。どうやら、うちの住所を教えているらしい。外国人がなんのようだ？　なんてことを考えていたら吐くものなどもうないはずなのに多量の液体が俄然喉奥からこみあげ、便器を赤く染めた。ワインは飲んでない。なら、血だ。俺は、血を吐いた。もう一度吐いた。それも血だった。「血だよな、これ？」便器の脇で一部始終を見ていた脳が小さく目がでかいタイプの猿に聞いた。猿はうなずいて便器を顎で指した。白い便器に赤い花火が二発散ったようだった。俺は、便所のドアを背に尻餅をついた。野生のニホンザルは真冬に温泉に入って出た後なぜ風邪をひかない？　いや、クイズを出しているときじゃない。目玉が裏返るのがわかった。一瞬視界が真っ白になり、俺は親父の背中にしがみついていた。バイクの上だった。酷使しすぎてエンジンがかかるのにいつも手間取るスーパーカブだ。廃れたぼた山の麓の、田園に挟まれた小道を二人乗りのスーパーカブは走っていた。季節はわからないが田園は枯れ果てている。浴衣を着せられた案山子《かかし》が風に煽られて、見えない何かを徹底的に殴るような動きを繰り返す。そこかしこに炭住の廃墟がある。壁が崩れ落ちた床屋の椅子はそこで何人か処刑されたような不穏さを醸し、タイル張りの浴場がむき出しになった銭湯は、テレビで見た古代の遺跡を思わせた。実家は貧しかった。だから俺はその辺にこれから捨てられると思った。どう媚びれば、どうお世辞を言えば捨てられないか、目を開けられないほどの風を顔面に受けながら必死で考えていた。何度も見る夢だ。俺は気絶したらしい。

荒っぽくドアをノックする音で我に返った。

「大丈夫？　三〇分ぐらい入ってるけど」スミレの声だ。

大丈夫だと答え、レバーを引いて血を水で流した。それでも便器に赤い飛沫が残っているので、トイレットペーパーできれいに拭いて、また流した。それから、トイレの鏡で自分を見てみる。一時期海外の死体を集めた写真集を酒の肴に眺めるという悪癖があったが、その中に登場する水死体のような顔色だ。口元にはまだ血がべったりついていたので腕でぬぐった。認めたくなかった、吐血したことを。どうすればいい？　今の俺にはなかったことにするしかない。胃に吐くものがなくなってそれでも吐き気がするなら人は血を吐くしかないのだろう。吐血などしたら人は、一度はおのれの中でなかったことにするものだろう。うん、忘れる。とりあえずそう腹を決めて俺は便所から出た。

「なんか……血が付いてるけど。顔色めちゃくちゃ悪いし」

スミレがぎょっとした表情で言った。吐血の勢いが過ぎて便器で服に跳ね返ったのだ。吐血の予定のある人間は白いTシャツなど着るもんじゃない。

「まあいいんじゃないか」適当なことを言って俺は話題を変えた。「それより、なんなんだよ……英語喋ってたけど」

「え？」

スミレは眉をひそめて俺の質問を聞き返した。それくらいか細い声しか出ていなかった。そして、自分の声量に軽く絶望し、トイレの中で俺はまたゆっくり気を失おうとしていた。また目玉が裏返る。視界がホワイトアウトするその刹那。自分がこれまで飲んできた酒の量について俺は目まぐるしく思い返していた。あるいはそんな夢を見ていた。

親父も、両隣の家のおっさんもアルコール依存症だった。みんな還暦を待たずに死んだ。確か右隣の親爺は四〇代で逝ったと思う。自分はだから飲むまいとは思わなかった。上手に死なないように飲んでやろうと思っていた。コツなどない。ただ、自分は田舎のバカな大人たちのように人前でぐでんぐでんになることがない。なので大丈夫だ。そう確信していた。学生の頃から飲んだ。酒には近所の人間の眼差しの痛さを麻痺させる効果があった。もっぱらさつま白波という香りのいかつい芋の焼酎だ（アルコール度数は25度である）。親父が飲んでいたからだ。ばれると打ちのめされるので少しずつ夜中に一升瓶から水筒にくすね、ちびちびと飲んで身体にならした。なので、飲酒はうしろめたさと同義だった。そして、存外とうしろめたさは悪い肴ではなかった。やがて上京して師匠と出会い、四六時中飲むことになってもその感情は消えなかった。師匠みたいに明るいバカな酒飲みになりたいと切望したが、俺の自意識の問題上無理な話だった。鞄にはいつも田舎から持ってきた水筒にいっぱいに充塡された白波がスタンバイしていた。師匠の家で皆がウィスキーをわずかな水で希釈して飲むのを見て「すごいですね」などとかまととぶっていたが、実は先輩たちが盛り上がっている隙に、隠し持った水筒から希釈なしの白波を盞に注ぎ、がぶ飲みしていたのだ。まだ芋焼酎が都会の人間に市民権をえるずい分前の話である。白波を飲んで田舎者扱いされるのをなにより恐れていたし、焼酎は、親父のような田舎の無学で下品な人間が、頭を下げてばかりの仕事の前におのれの自尊心を麻痺させるために呷《あお》る酒、という認識があった。そもそも、芋、という言葉の破壊力は自意識をこじらせた田舎者にとって甚大である。俺の隠れ芋は誰にも気づかれることがなかった。それが愉快でもあった。西新宿の師匠の家から、明け方自転車に乗っての帰り道。長い一本道の水道道路を雲越しに照らす青黒い朝日を浴びながら、水筒を垂直にして白波の残りを胃に流し込んだ。すべてで八〇〇ccほどである。そこで自分は初めて自分のペースで酔っ払い、ウォークマンでデビッド・ボウイを聞きながら、車のいない通りを急に立ち漕ぎでじぐざぐ走行したり「もっとおもしろくなりたい！」などと叫び、アパートに戻って、酔いつぶれそうになりながら借りてきたビデオを観たりしていたのだった。内容なんてほとんど覚えられなかった。「師匠が寝小便をしませんように」なんて祈って布団に潜り込んだくせに、起きてみれば自分が寝小便をしていたことも余裕であった。あれ？　俺は今記憶をたどっているのだろうか。夢を見ているのだろうか。車に乗っているような気がする。振動を感じる。「高速乗りますか？」そう言っているのはタクシーの運転手か。俺はやはり眠っているようだ。なにも見えない。ただ矢印だけが、暗闇の中ぼうっと白い光を放ちながら、右を指し左を指し、車のゆく方角を指し示している。英語が聞こえる。ジジイの声もする。

俺の背中を擦っているのはスミレの手だろうか。まあ、いいか。酒の記憶に集中してみよう。クイズを探す仕事も書く仕事も一升瓶から湯呑にじょぼじょぼ注いで飲みながらやっていた。その頃には、一日で一升がほぼ空になっていた。ジンにハマった師匠がテレビの会議中に飲み始めたときも、師匠と同じくらいのペースで鞄から水筒に入れた白波を、長机の下でアシスタントディレクターが用意した湯呑に注ぎ、平気な顔で飲んでいた。曙橋のサイゼリヤで師匠の原稿をワープロに聞き書きしていた際も、ワインを飲むふりをしてジンを飲んでいた師匠のように、コーヒーを飲むふりをして白波を飲んでいた。師匠と同じだけ飲みたかった。それでいて、正気のふりをして、師匠に「しょうがない人ですねえ」などと軽口を叩くのが愉快なのだ。そこでしか師匠とは対等になれない気がしたのだ。いつも朝から飲んだ。「師匠は酒の飲みすぎで死ぬだろう」と、冗談めかして言いながら、他の誰よりも飲んでいた。師匠の死体を発見した日も、朝から白波を飲んでいた。ドアノブにぶら下がる師匠を見て、まずやったのは、「魂の重さは二一グラムだっけ？」なんて考えながら、背中のリュックに手を突っ込み後ろ手で水筒を探すことだった。ぐびっぐびっ。まず、二口飲んで、山城に電話し、到着するまでの間に水筒の中のものをごくごくと飲み干してしまい、しかたなく近所のコンビニで、甲類の焼酎を買って来て（その頃、芋焼酎はあまりコンビニに置いてなかった）店先で水筒に入れ直し、山城が到着するまでの時間をつないでいた。警察での取り調べの最中も平然と水筒の焼酎を飲んだ。平然とやれば気づかれないものだし、取り調べの最中に酒を飲むなという法もない。ええと、なんで便所に猿がいたんだ？　まあ、いいか。その後山城と金を山分けし、新宿をほっつき歩きながら、飲み干した白波用の水筒をゴミ集積所に捨て、コンビニを見つけるたび、ビールだのワンカップの日本酒だのを買い、店先で一気に飲み干してゴミ箱に投げ入れた。もう田舎者であることを気にしなくていい。そう思うと、逆に白波をこそこそ飲むうしろめたさの甘美感が失われてしまったのである。ウィスキーやワインなどをすすんで飲むのは、なにか田舎のブルーカラーの親から生まれた自分に対して気どっているようなややこしい感情を持っていたからだが、もはやどうでもよくなっていた。その後転がり込んだ映画館でやっていた『地獄の黙示録』も、ウィスキーの小瓶を片手にぐびぐびやりながら観ていた。もちろん睡魔はいつもよりだいぶ早い段階で訪れた。その後スミレに起こされ、「少し飲みたい気分なんだけど」などと気どったが、もうすでにその日は、白波の中瓶を一本、缶ビールを五本、ワンカップを三本、安物のウィスキーの小瓶を二本空けたあとで、目が回るほど酔っ払っていたのである。そうでなければ俺が初対面の女をナンパなどできるわけがないし、初対面の女の顔に唾をかけておいて覚えていないわけがない。ましてや、その日のうちに結婚を申し込みスミレの家に転がり込むなんて芸当ができるわけがあるもののか。ただでさえ酩酊していたのにそこに47度のジンをぶち込んでいるのだ。それまでの酒修業で、酩酊していないふりをすることだけが抜群にうまくなっていた。そう思い込んでいたが、初対面なのにスミレは見抜いた。だから、酒量をたしなめられたのだ。思えば、俺はあの日、ジンを解禁することで最も忌み嫌っていたアルコール依存症の仲間に、正式になったのだと思う。むしろ積極的になる方に舵を切ったのだと思う。スミレの後頭部にジンの花が咲いた？　あほらしい。それが最初の幻覚だ。その後、なにげなく受け入れ続けたおかしな現象。我が目を疑わずそれを受け入れている様がいかにもアルコール依存症である。ときどき現れて不思議な動きをする猫。それに関しては、いまだにどれが本物でどれが幻覚かはわからないのだが、猫ぐらいなら本物だろうがなんだろうが気にすることはない。スミレとの最初の同棲で、酒量は更にぐんと増えた。一日にウィスキーのボトル一本、日本酒四合、缶ビールを五本は空けていただろう。スミレに隠れてジンも飲んだ。元中学生にメールで送ったように、山城の元で激烈なダイエットをしていたときも、朝まで飲んでいた。その後、栄養失調でぶっ倒れたとき、医者には肝臓の数値もだいぶ悪いと深刻な顔で言われた。俺は「生まれつきなんです」と言って逃げるように帰った。スミレと入籍した日は最高のご機嫌で飲んでいた。山城を病院に送り届けた後、俺は会社に戻って社長室の金庫を開けた。そこには大量の現金と金のインゴットが入っていたわけだが、同時に、ビーフィータークラウンジュエルという、師匠が飲んでいたビーフィーターの一〇倍も値がはる50度のジンがボトルごとしまってあった。なんて気が利く男だろう。もちろんその日は祝いの日だ。俺は、社長室の椅子に座り、机の上に足を投げ、タバコを吸いながら机の引き出しに隠してあったバカラのグラスでたっぷり楽しんだ。肴は壁に貼られた、全身にオリーブオイルを塗られポーズをつけて最高の笑顔を見せる俺の写真だ。タバコのヤニで茶色くなった歯は、真っ白く修正されていた。とにかく笑える。自分で自分が笑えるとは俺も強くなったもんだ、なんて思った直後にスミレと再会したのである。役所で入籍したときはべろべろだったというわけだ。結婚してからは、もちろん雪崩をうつように規則正しく飲みまくった。そうだ、思い出した。思い出したというか、あれは思い違いだったというのが今わかった。スミレに酒の罠をかけたと言ったが、その罠である酒を俺は躍起になって飲んでいたのである。台所、洗面所の鏡の裏、衣装箪笥の中、ベッドの下、家の階段、あらゆる場所にショットのグラスに注いだ高級酒をしのばせた。しかし、ショットのグラスに入ったうまい酒を俺が見逃すはずがない。隠す前に一口、後一口、あ、これでは少なすぎると注ぎ足し、また一口、と、口をつけるうち、次から次とグラスを空けてしまう。しまった、酒がなくなったと、注ぎ足す。すると、あれ？　酒があるじゃないかと思う。そして飲んでしまう。その繰り返し。そういえば、その落語みたいな作業を洗面所の鏡越しにスミレに見られていたこともあったような気がする。いや、あった。スミレは鏡越しに目が合ってからもしばらく黙っていた。あの目つき。バスケットボールにナイフで空けた穴のような、あの底なしの暗闇。今ははっきり思い出せる。スミレが右手に持ったグラスの中の氷は半分ほど溶けて酒に浮いていた。それだけの時間、俺を見ていたのだ。しばらくして小さな声で「なにしてるの？」と聞かれたが、自分が仕掛けた罠に自分で引っかかっている最中で、へべれけに酔っ払っている俺はしばらく口を開くことすらできなかった。へべれけの語源は？　女神のお酌という意味のギリシャ語、ヘーベー・エリュエケである、という説がある。俺は目だけ泳がせながらそんなことを考えていた。

「手伝おうか？」

絞り出すようにスミレは言った。その目は赤く、潤んでいたように思う。ショットグラスに酒をついでは、首をひねり、酒を飲んではまた首をひねるという、滑稽な仕草を一人で繰り返している夫が、哀れに見えすぎたのだろう。そう思うと、俺はなんて気のいい女を罠にかけようとしていたのだと嗚咽しそうになり、それを振り払うように、「そんな必要はない」と、強めに言って、それからショットグラスが空になっているのに気づき、「あれ？」などと呟いて、またていねいに七分のところまで酒を注いでゆくのだった。

すでに井戸に落ちていたような意識が、井戸の底が二重底になっていたようで、さらに果てしなく、落ちていく。タクシーは高速を降りたようだ。どうしても認めたくない。もう引き返せなくなったことを。しかし、認めざるを得ないのはわかっている。

でも、少なくともスミレ。もうつまらなくはないだろう？　つまらなさで泣くこともないだろう？

女が喚いている。とても苦しそうだ。それをなだめるようなジジイ……そう、これは確かにジジイの声だ。しかも、英語だ。ジジイはとても流暢な英語で女とやりとりをしている。スミレの声も聞こえる。とても慌ただしいことが起きていると思ったら、目が醒めた。

ここは自宅じゃない。まず目に飛び込んできたのは、巨大なアボカドの断面。いや違う。こちら側に向かってM字型に開かれた人間のふくよかな白い股だ。太ももの筋肉がぶるぶるとわななないている。股の持ち主は女で、見覚えのある赤いカーペットに敷かれたバスタオルの上で仰向けになって喚いている。外人のようだ。下半身は裸、上半身はTシャツ一枚というあらわな出で立ちで、英語で何やら「もう、だめだ」といったような言葉をまくし立てている。股ぐらの中央――赤茶色の毛に縁取られている――に、一センチばかりの楕円形の赤黒い突起物が見える。それがアボカドの種に見えたのだ。アボカドの周りは、ピンクと黄色の入り混じったぬめりのある液体にまみれており、傍らにしゃがんだスミレがしきりにタオルでそれをぬぐい取っている。外人女の股を挟んでスミレの反対側にはジジイがいて、英語で「大丈夫だ、落ち着け」みたいな慰めの言葉をかけている。しっかり手を握りながら。アグレッシブだ。ジジイがこんなにアグレッシブな空気をまとっていることに驚く。

外人女が怪鳥めいた声をあげ、ぐんと腰を持ち上げる。俺からはそれがM字型の二足歩行で一つ目の化け物が立ち上がったように見える。とてつもなく怖い。

「頭！　頭が出た！」

スミレが喜んでいるような恐怖にかられているような声で叫んだ。女の股から液体がさらに湧き、アボカドの種が少し飛び出した。さすがに赤ん坊の頭だということがわかった。スミレの脇には１００円ショップで買ったようなブルーのプラスチック製のたらいとポットが置かれていて、その周りに脱ぎ散らかした外人女の服と、女のものらしいでかいキャリーバッグや荷物もあった。それらのとっちらかりかたで、今ここで起きていることが、少なくとも準備する間もなく始まったことがわかる。むき出しになった現金の束も雑な感じで床に転がっている。見覚えがある。あれはかつて山城が流し台の奥から摑みだしたレンガ二個分ほどの嵩の、結束された一〇〇〇万円の札束だ。すべてが幻覚ではない。幻覚にしては、素材が多すぎる。

なんでこんなことになったのかはまったく読めないが、白人の女の出産が目の前で俺に向けたショーのように繰り広げられていること、その狂気じみた興行の主導権をジジイが握っていること、それをスミレが半分錯乱しながら手伝っていることの三つはわかった。

赤ん坊の頭は、ともすると大きな穴のように女の体に向かってへこんでも見える。それは、ナイフで切り裂かれたバスケットボールの穴。指を差し込んでめくると女の体は裏返しになり、世界のすべてはその中に閉じ込められる。俺一人を残して。ますます、思考がまとまらない。

俺は……、師匠のマンションのリビングにいる。それは間違いない。すべての窓のカーテンが閉められているが、狭間から射し込んでくる光の角度からして夕方なのだろう。俺が横になっているのは、師匠がいつも座っていて、真ん中がへこんだ安物のビニール張りのソファ。ヤニで黄色くなった壁には所狭しと南洋の不気味な仮面が飾られ、床という床に本や雑誌やビデオテープ、ＣＤ、レーザーディスク、ビーフィーターの空き瓶がひしめいている。懐かしい酒のジャングル。外人女の居場所はそれらを性急にかき分けて作られたらしい。こうして見ると我が家の混沌はただの師匠の部屋の再現なのだとわかる。どうしてそうなっているのかは知れないが、最後に山城が侵入した、あの日のまんまである。埃もない。その代わり時間が澱《おり》のように積もりそれが師匠の死の記憶の濃度をまろやかにし、部屋全体にあの頃の甘美な酒宴のなごりが蘇り空気としてたゆたっている。音を消した『七人の侍』のビデオに勝手にアフレコしながら、たくさん笑ったな。師匠の何を言っているのかわからない三船敏郎は最高だった。俺の担当は左卜全だった。

見ると外人女は、鍵のついた矢印のペンダントを右手で握りしめている。あの鍵で皆、ここに入ったのか。鍵は、出産中であろうと返してほしい。俺が師匠に預かったものだ。おまえが持っているべきものじゃない。俺はのろのろと立ち上がった。上から見ると、出産中の女は、アメリカ人だかヨーロッパ人だかの白人で、苦痛に表情を歪めながらもどこかティナに似た実に美しい顔だちなのがわかった。……この顔は。と、思った瞬間、また胃の奥から液体がせり上がって来るのを感じ、俺はよろけて赤い制服の警備兵の描かれた空き瓶たちを何本も倒しつつ勝手知ったる玄関脇の便所に向かった。

「あ！　気がついた!?　あなた、産まれるよ！　この子、産まれるんだよ！」

スミレが俺の背中に向かっていつにないハイテンションで叫んだ。しかし、師匠が死んだ部屋で吐くのだけは俺の最後の分別が許さない。

ドアを開けざま、俺は便器に顔をつけんばかりにして吐いた。吐瀉物であってくれと願ったが、あいかわらず少量ではあったが血なのだった。表では女が股から血を流し、中では俺が口から血を吐いている。

「がんばって！　がんばって！」

リビングから聞こえるそのうわずり気味なスミレの応援が俺に向かっているのか外人女に向かっているのか、おのれ自身に向かっているのか、それすらわからないほど俺は混乱し、そして自分にがっかりしていた。俺は酒に負けたのかもしれないな。目の前の壁には師匠が以前住んでいたアパートの便所でも見慣れた白黒写真の便箋サイズのピンナップ。左手前で若い黒人が振り返った状態でカメラを見つめ、その後ろで極端に短い黒髪のハーフらしい顔つきの女がマニキュアをした左手を口に当て憂いをたたえた大きな瞳でこちらを見据えている。三〇歳くらいだろうか。そして右手にいる黒縁眼鏡のぼさぼさ白髪の、何となく俺に似ている男は……今、初めて気がついたがアンディ・ウォーホルじゃないか。黒髪の女は、ティナだ。間違いない。さらに、今、リビングで子供を産み落とそうとしている見ず知らずの外人女は、どこかティナに似ていて……。どうなっている？　俺は朝から酒を飲んでない。なので、ウォーホルと同じ時代にこれくらいの歳の女が生きていたとしたらもうちょっとババアになっていることぐらいわかる。今まで俺の前に何度も現れ、ピアノを弾き、笑い、歌い、意味深な言葉を残しては消えるティナという女は、このピンナップからインスパイアされただけの……。待てよ待てよ待てよ。そういえば、ある酒宴で師匠に「あの便所の写真の女は誰です？」と聞いたことを思い出した。もちろん魅力を感じていたからだ。師匠は、へらへら笑って「♪愛しのティナ〜」と、どこかで聞いたことのあるＣＭソング――宇崎竜童の歌だっけ――を、口ずさみ、それきり話題を変えた。そうだ。それで、ティナという名を認識していたのだった。認めたくなかった。だが、気づき始めたらもう引き返せない。ティナは、いない。急に別れが訪れたようで寂しさがどっと胸に押し寄せたが、その事実にどこかホッともしていた。少なくとも俺はスミレに対しては現実の中で一途だったということだ。裏切ってない。今後も裏切る未来がない。それはハッピーな確信だ。しかし、だとすると自分の頭は思っていたよりだいぶ前からいかれていたんだな。また目が眩む。気を失う前に、まだ直径三センチほど残っていたトイレットペーパーをがらがら回して引きちぎり、口元の血を拭って、もう一度写真を見てみる。黒人の男はバスキアだろうか。一瞬、脳内がトランプみたいにシャッフルされた気がして、俺は頭がふらつかないよう両手で支える。今度は、放送作家時代の仲間の元キックボクサーが、山城のトレーニング部屋で、師匠の家のトイレに飾られた写真の女について話してくれたことを思い出した。ずいぶんテンポよく気づけていることに驚く。なるほど、朝から酒を飲まないというのはこういうことか。だとしたら早く酒が飲みたい。

「あの写真の女、俺もうっすら覚えてるけど、日本でちょっとだけＣＭなんかに出てたモデルなんだよ。日本人とアメリカ人のハーフだったと思うけど。その後、ロンドンに移住したんだ。ウォーホルやキース・ヘリングなんかが食べに来るようなレストランをやっている中国人と結婚してね。でも、離婚して、その後エイズで死んだんだってさ。師匠は、あの……名前忘れたけど、あのモデルに似た外人の女と若い頃付き合ってたんだよ。彼女のことが忘れられなくて、あのモデルの写真をトイレに貼ってたって話だ。直接聞いたわけじゃないし、もう、聞けもしないけどな。ああ見えて一途な人だ。それはお前も知ってるだろう？」

今ならはっきり紐付けできる。そのモデルの名はティナで、師匠が好きだった女は、今、師匠が命を落とした部屋で命をひり出そうとしている白人の女だ。

「出る！　出るよ！　しっかり！」

スミレが叫んでいる。俺は、「そうだ。鍵とペンダントを返してもらわないと」と、わざと自分の身体に鞭打つように発語し、しかし身体がふらついてドアに向かって倒れ、そのままの体勢で足の指をレバーにひっかけて引き、水を流して便所から転がり出た。

外人女はあいかわらず喚きながら鍵を握っているのと反対の手で、技を決められたプロレスラーみたいに手のひらで床をばんばん叩いている。その痙攣する足と足の間でジジイがごそごそ動いている。リビングの延長線上にあるキッチンでハサミを洗っていたスミレは、俺を見ると必死で手招きをした。こっちに来いと。ジジイの前側に回れと。

「びっくりするわよね。こんなに早く産まれる予定じゃなかったの。もっといろいろ話を聞く予定だった。でも、ここに着いたらいきなり破水しちゃって」

「なんで病院に行かないんだ」俺は一応聞いた。

「ここで産んでほしいって、遺言なんだって。ずいぶん前に、ニュージーランドで恋をした男の」

「ニュージーランド?」俺は、壁にかかった南洋の仮面に目を移す。師匠が行方不明になるたび増えていった仮面。今まで気づいてなかったが、仮面の中に混じって、南の島の港の絵葉書がピンで貼ってあるのに気づく。そこにしっかり英語でニュージーランドと印字されてあるじゃないか。マッシュルームでラリって、師匠の額の中に見た、あの、わたせせいぞうの絵みたいな景色は、あそこから引っ張られてきたに違いない。コピー・アンド・ペーストというやつだ。「男って、師匠のことだよな?」

「師匠って……私、知らないけど? この部屋の持ち主だった人だって。持ち家なんでしょ? ここ」

そういえば、なにかのタイミングで「このマンション、買ったよ」と師匠は言っていたっけ。「どうせ、買い手がつかなくなるだろうから」と。

「なんでこの女、鍵持ってんだよ?」

「……あなたが手渡したのよ、これが鍵だって」スミレの目は女の会陰《えいん》、そこから出るものに釘付けになったままだ。

「俺が?」

スミレは、俺のぼんくらな質問に体を震わせてぶち切れた。

「このやりとり、朝、全部した! 質問が多い! 集中できない!」

それを聞いて、朝、一度だけ意識を取り戻していた記憶が不鮮明ながら蘇る。我が家に大荷物を持った腹ボテの外人女が訪ねてきた。そのときは、日よけの帽子を目深に被ったさえないムードの白人のおばさんに見えた。ジジイが一緒にいて通訳をしている。スミレが電話で呼んで頼んだのだ。ジジイは、ジジイにしてはせいいっぱい張りのある声で、あれこれと喋っていた。覚えているのは「私は一五年間シンガポールでナンバーワンの軟膏の会社をやっていたんで英語がわかります」とか、「昔、妹が自宅で出産したのに付き添っていた、だから、お産の手順は知っている、立ち会えます」というようなこと。女は、ブルーのワンピースに包まれたはちきれんばかりにぱんぱんの腹を擦りながら「エリザベス」と名乗り、「鍵を貸してほしい。昔恋人だったあの人の部屋で産む約束だから」と言っているという。俺は、薬箱から矢印のペンダントのついた鍵を取り出して、あほみたいに素直に手渡した。その後、タクシーが来て……、俺は、その中で気を失ったようだ。

「ほれ！」

俺がぼんやりしているので、スミレが背中を叩いた。ちゃんと見ろというのだ。エリザベスは激痛に顔を歪めながらも、俺の顔を見ている。これが出産ですよ、という顔をしている。

ジジイは、粘液まみれの赤ん坊の頭を摑んで、エリザベスの股から引きずり出しているところだった。羊水というのだろうか、黄色く濁った水が溢れ出る。寒くもないのでそんなわけはないのだが、赤茶色の毛が茂った陰部からは湯気が出ているように感じた。大量のうどんの束が股から釜揚げされるように見えたからだ。スミレは俺の腕にしがみついていた。まるで今自分が子供を産んでいるかのような力強さだった。胎児の上半身はスムーズに現れ、そのまま中から押し出されるようにしてジジイの小さな両手に収まった。グロテスクだった。命そのもの、というのはなかなか美しいとは言えない。ジジイは、水分を失ったいつもの目つきに戻り、あらかじめ用意していたタオルで赤ん坊の顔についた血や粘液を事務的に拭い、その股間を確認するのだった。

俺の目の前でにわかに母親になった外人女が「ああっ！」と大きく息をつき突き上げて

いた腰を落とすと、それをうけたように「パアッ」と、小さく音を立てて赤ん坊は息を吸う。

　俺はようやく落ち着いて外人女の顔を見る。汗にまみれていたが、苦痛でつり上がっていた目は半眼となって赤ん坊に注がれ、安堵している。便所の写真のティナとは違って赤っぽい金髪であるし、顔から身体までそばかすだらけで小じわも多いが、静かになった表情はさらにティナに似ている。乳は張り、長い乳頭がTシャツを突き破らんばかりに屹立《きつりつ》していた。よく見ると、下唇の下縁に沿って入れ墨がしてある。口の右端から、下唇の下縁の中央に向けて青黒く、三センチほどの長さの入れ墨が入っていた。それは、ぼんやりとだが矢印の形をしている。またか。俺は舌打ちした。だけど、なにに舌打ちしたのか自分でもわからない。そろそろ酒を入れなければ、いくら時間がたったといえどこんな場所にこんなに素面《しらふ》ではいられない。

「ガール」

　スミレからハサミを受け取ったジジイが、しなびた声で外人女に言った。いい発音だった。そして、この子はとてもかわいい。そんなことをジジイが言ったのだろう。女が笑った。唇の下の矢印が揺れる。それからようやく赤ん坊がへけへけと泣き出した。スミレは、我に返ったようにポットのお湯を、すでに水を張っていたたらいに入れ、かきまぜ始める。

ジジイは赤ん坊のへその緒をハサミで切って、そのへんにあった事務用のクリップで雑にその跡を挟み、スミレに手渡した。スミレはおそるおそる受け取って、慎重に洗った。赤ん坊の股に触ってスミレは、ようやく笑顔を見せた。一連の仕草の流れは打ち合わせされていたように、実に小気味いい。

そして俺は、酒がほしい。

外人女が静かな声で俺に話しかけた。何を言っているのかわからず、俺はジジイを見た。

「エリザベスが、あなたが『新人』ですか？　ですと」

俺は、気を失いかけていたが、ジジイに通訳を頼み、エリザベスと話してみることにした。

「そうだ。正しくは『新人君』だけど。師匠にはそう呼ばれていた。……あなたは師匠の女ですか？」

「昔、少しの間だけお付き合いがありました」エリザベスは言った。「私はニュージーランドの大学で映画学科の助手の仕事をしていました。彼は映画の勉強をするために留学して来た学生で、私のクラスに一年ほどいたのです」

まったく聞いたことのない話だった。師匠が映画をやりたかったなんて。

「私は、マオリ族の映画監督と結婚していたけど、私たちはすぐに恋に落ちた。夫はアルコール依存症で暴力的な男で、その頃は、傷害事件を起こして刑務所に入っていました。彼とのことがなくても、私は、夫とは別れるつもりでいた。いっそ、死ねばいいとまで。……でも、夫に離婚を許してもらえず、結局、彼は日本に帰った。あなたの師匠は私を苦しませた酒を憎んでいたけど、この部屋を見ると、認識を改めるべきね。あきれたわ。夫もビーフィーターばかり飲んでいたの」

エリザベスは少し笑った。ティナとエリザベスの声色は、日本語と英語の違いはあれどほとんど同じだ。それを不思議に感じる。

遠くから波の音が聞こえる。

「師匠は、便所にあなたに似た赤の他人のモデルの写真を貼るほど、あなたのことが好きだったみたいですね。つらかったんでしょうね。あなた自身の写真を飾ることができないほど」

「ティナ・ラッツね。私は知らないけど、その話はよく聞いた」

酒だ。酒がいる。俺は、ふらつく足で本や空き瓶をよけながらキッチンに行き、酒や調味料やグラスが分別なくつっこまれた食器棚を見る。ビーフィーターが三本残っていた。ほらね、絶対にジンを三本未満にしたことがないんだ師匠は。

「師匠、いただきます」と言って、俺は、いつの間にか左手に持っていた——出現した？

——ショットグラスにそれを注ぐ。視線を感じて振り返ると、スミレが無表情で俺を見ている。

ああ、見ろ見ろ。

「彼がときどきニュージーランドに来るので、私たちはそれなりに逢瀬を楽しんだ」エリザベスは俺が酒を飲んでいることなどおかまいなく話を続けた。「でも、しばらくして夫が刑務所の病院で死んで……。これは私の中で矛盾する事実なのですが、酒を飲むたび暴力をふるわれて憎んではいたけど、とても才能のある人で、私は彼を尊敬していたし、酒をやめさせられないまま死なせたことに、そして、一度ならず彼の死を願っていたことに……、罪の意識も感じていた。だから彼が死んだあと、どうしても私の気持ちが恋愛を楽しむ、という方向にむかなくて」エリザベスはそう言って、深いため息をついた。「それを告げると、彼は……もう来ない、その代わり、もし、君が今後の人生で子供を産むようなことがあったら、日本に来て、僕の家で産んでほしいと、苦笑いしながら言いました」

波の音が大きくなった。一口飲む。自分の中で滞っていたなにかが、どくん、と、脈打ち、流れ始めるのがわかる。エリザベスの言葉は（ジジイの口伝であるが）、波の音に混じり、やがて声が波そのもののように思え、自分がどこにいるのかだんだんわからなくなってくる。目を開けていると立っていられなくなるような気がして目をつぶる。瞼の裏に海が見える。砂浜が見え、その先に長い岬が、岬の先端には白い灯台がかすかに見える。

「そして、できれば、連絡先を教えるので、自分のマンションの鍵を預けている――あなた――『新人君』のいる時に産んでほしいと、そのマンションには現金が隠してある。もし金が残っていれば、それはすべて君のものにしていいし、マンションも君にあげる……」

「そう言って彼は日本に帰ったのだそうです」エリザベスの戯言を訳すジジイの真剣さに、抑えきれず、くっくっと、俺は嗤った。

スミレが言った。

「本当の話だと思う。見て」一瞬だけ目を開けると、スミレは床に無造作に置かれた一〇〇〇万の札束を指差していた。「ここに来て、彼女、お金のある場所を言い当てたわ」

「流し台の下だろ?」

「ううん。風呂場の天井の点検口の裏」

風呂場? 俺は動揺した。師匠、もう一〇〇〇万、隠していたのか……。

「子供を育てるんだもの、一〇〇〇万円くらいは必要だと思う」スミレは、やけに真剣味のある声で言った。

俺はなんとなく思った。そのやりとりの後、帰国してすぐに、師匠は首を吊ったんだな。

「その子は、誰の子供なんですか？」目をつむったまま俺は聞いた。もう目の前にエリザベスはいないかもしれないのに。なぜって？　俺は、自分が硬めのベッドに横たわっているのがわかる。さほどシーツの質はよくはない。俺は枕にはタオルを巻きたいくちだが、ここではタオルや電気のコード、長いものは許されない。ここ……って、どこだ？　まあ、いいか。五センチだけ開く窓から、柔らかい潮風と夕刻の五時を知らせる音楽が入ってくる。♪いつのことだか　思い出してごらん　あんなこと　こんなこと　あったでしょ……。

「この子は……私の個人的な知り合いのベトナム系フランス人の男との子供です。男はもうフランスに帰って、いない。私はもうすぐ四〇歳になる。産めるうちに子供がほしかっただけです。あなたの師匠の頼みは……とうてい聞き入れられるものではなかったけど、いざ妊娠すると、なぜか、どうしても日本に行きたくなった。もう多分死んでいるはずの彼の望みのままにしてみたくなった」

「師匠を愛していたんですね？」夢の中に片足を突っ込んだまま俺は聞く。

「……彼は私の唇の入れ墨のことをよく褒めてくれた。これは、マオリの女はみんなそうすると言って、夫が酔っ払った勢いで入れた入れ墨。彫り始めてすぐに事件を起こして捕まったから、中途半端な、マオリ族的には意味をなさないものになったけれど。それが矢印のように見えて、私が吐く言葉に強い力を与えている、と」

そのご本人が握りしめている矢印のペンダントの物語を聞かせてやりたかったが、それにはもっとジンが必要だ。

エリザベスは言った。

「あなたがこのタイミングでいてくれてほっとしている。新人君。彼の望みはかなった。会えなかったら、心残りになったと思う」そして、うっすら笑った。

俺は夢を見ている。夢の中でスミレは師匠のマンションの便所から、ティナのピンナップをとって来て、リビングの床に赤ん坊とともに横たわるエリザベスにそれを見せた。エリザベスは目が悪いのか、眉間にしわを寄せてそれに見入った。そして、驚いたような顔をして、それから、少しだけ泣いた。スミレはなぜか、してやったりの表情。どこまでもどこまでもクソメスだ。こいつの頭の中では、エリザベスが手に入れた金にたかって生きるビジョンが輝かしく構築されていることだろう。まず、出生届や、マンションの名義を書き換える手続きを手伝う、とかなんとか言って懐に入っていくだろう。でも、たからなくても大丈夫だ、スミレ、流し台の下にもう一〇〇〇万ある。あるはずだ。

3

長い夢から醒めて、食堂でうまくもなんともない朝食を食ったあと、俺は師匠がニュージーランドでエリザベスに託した遺言をしょうこりもなく読もうとしている。縦にしたり横にしたりして。この遺言は、読もうとすることしかできない。文中に何度も出てくる三文字の言葉が「新人君」であるのはぎりぎりわかっている。ほんとに、ぎりぎりだ。それくらいこのボールペン書きの手紙の文字は、もともとの師匠の癖字もあいまって読みづらいのである。きっとぐでんぐでんの状態で書いたか、目をつぶって書いたのだろう。俺はごく気が向いたときだけ、ベッドの上で当番の患者がいれた激烈に薄いコーヒーを飲みながら、この便箋一〇枚ほどの手紙の文字の解読にいそしんでみる。だが、いつもそうなのだが、途中でへとへとになってしまう。縦書きの文字は、よれてよれて、前の行や次の行にはみ出し、他の文字と重なってもお構いなしだし、文字かと思って辛抱して見つめていると、それは鳥のイラストだったりするのだから。

今もなにかにつけ俺は師匠のことを思い出す。そうすると、以前は、必然的に師匠の西新宿のアパートや曙橋のマンションでの日々をたどり、ドアノブにぶら下がった亡骸の記憶にゆきつくばかりだった。今はそうではない。リビングでの出産ショー。あの騒然とした光景が鮮明に蘇り、ほかのことがかき消されてしまう。必ずだ。上書き、保存。カオスが別の種類のカオスにとって代わられたということだ。その件について、もしかしたら、この遺言に書かれていやしないかといつも目を凝らすのだが、読めないものは読めないのである。

面会に来たスミレが「私、やってあげようか」と言ってくれたこともあるが、この作業を人に手渡すことなどできない。今日も癇癪を起こし、思わず破り捨てそうになるのを必死で耐えて、もはやよれよれになってしまった封筒に入れ直し、枕の下に差し込み、ＣＤウォークマンを手に喫煙室に向かう。

あれからどれくらい時間がたち、今が西暦何年なのか、俺にはわからないし、そもそも興味がない。スミレがたまに連れてくるエリザベスの娘は、一〇〇センチを超えるくらいに成長している。それくらいの年頃から逆算して考えればよいわけだが、ニュージーランド人とベトナム人のハーフの子供の見た目と経年の関係性は、俺には見当もつかない。エリザベスは日本にはいない。出産後、しばらくして大学での仕事のために帰国したのだという。なんとスミレに子供を託して、である。どういう経緯でそうなっている？　と、聞いても、まあまあ、と、お茶を濁されるばかりだ。スミレはジジイと持ち回りでエリザベスの子供の世話をしているらしい。美しいが、にこりともしないガキだ。やたら目力が強く、念力でスプーンの二、三本は曲げそうな顔つきをしている。そして多分、俺のことを心の底から軽蔑している。

スミレはかなりうまく立ち振る舞っているようだ。顔の傷はあいかわらずだが、着ている服を見ても羽振りがいいのはわかる。もちろん、働いているそぶりはいっさいない。悔しいがそこが愛しい。あの日、俺はいつの間にかまた意識を失って、気づいたらこの病院にいた。スミレとジジイが救急車を呼んだのだろう。初めは内科の病棟にいたが、その後、精神科の閉鎖病棟にぶちこまれた。海辺の高台の病院だ。俺の部屋は四人部屋。何人の患者がここにいるのか、俺は知らない。ここから外に出るには、娯楽室の向かいにあるナースセンターを通らなければならない。ナースは面会以外で、俺たちのためにドアの鍵を開けることはない。無理に出ようとしようものなら、屈強な看護師たちに羽交い締めにされ、保護室という拘束部屋に入れられることになる。実際何度か入れられた。身体拘束はきつい。俺は結局スミレにはめられたのだ。そう思う。面会に来るスミレはいつもにやにやしているからだ。そして、面会室で隠し持った酒を看護師の目を盗んで、見せびらかすように飲む。とても美しい姿勢で。スミレは師匠と同じタイプなのだろう。飲んでも飲んでも、「酔い」をはばからないことで酒が体の外に逃げていくのだ。だから決して酒で壊れない。クソメスが。俺と真逆だ。俺は酒を身体の中に隠しすぎた。で、壊れた。スミレはいつの間にか、山城が作った矢印のペンダントを首にかけるようになった。よく似合っている。よくおさまっている。

ここを出たら、スミレにたっぷり仕返ししてやりたい。それとはまったく別の感情であるが、ひと目をはばからない場所で、思い切り抱きしめもしたい。その飢えた二種類の気持ちでかなり暇は潰せる。ここでは暇が一番の敵だ。そのために絶対してはならないのは、離婚だ。

しかし、いつ、出られるのだろうか。

喫煙室は男女共用で、広めの娯楽室（テレビの音がうるさいので俺は立ち入らない）の隣にある。パイプ椅子が三つとプラスチック製のベンチ、退院したものが置いていった本などがある。元の色がわからないほどヤニで汚れた六畳くらいの部屋だ。何年か前にこの部屋のドアノブにTシャツを引き裂いて作った紐を結んで首を吊ったやつがいると患者の一人から聞いた。ニックネームで呼んでいたので名前は忘れたらしいが、風貌を聞くと、山城だろう。そう確信できる。俺と山城には縁があるからだ。だから俺は、自殺は決してしない。真似をしたと思われたら癪だからだ。

どおん、と波の音が強くなる。この部屋は病棟で一番海に近い。

藤田という男が先にいて、ベンチにだらしなく座りタバコを吸いながら虚ろな感じではめ殺しの丸い小窓から海を見ていた。やけに空が晴れていて、沖合にとんでもなくでかそうなクルーズ船が見える。白い雲も絶妙なバランスで浮かんでおり、わたせせいぞうの絵のようにその小窓の中だけがこっけいなまでにポップだ。藤田は俺が来るとなにか言いたそうな顔をしたが、喋るのがめんどくさいので、タバコに火をつけ煙をふかぶかと吸い、ウォークマンのイヤホンを耳に差してＣＤを聞く。いつものように。

♪ねえ、教えてくれない？
どう行けばいいの？
一番近いウィスキーバーに
理由は、聞かないで
理由は、聞かないで

聞いているうち、一瞬だけ寝落ちしてまた俺は夢を見た。

夜だ。脳の小さいタイプの猿の吠え声が聞こえる。ロッジ風の広い部屋の真ん中にエスニックな模様のラグが敷いてあり、裸のエリザベスが寝転がっている。その身体にがたいの大きな男がまたがり、彼女の顔に手を当てている。男は、長いちぢれた髪をちょんまげ風に束ね、師匠の部屋にあった仮面に施されたような文様の入れ墨を浅黒い顔中に入れていて、ほとんど悪魔のように見える。Tシャツから突き出た頑強な両腕にも、いわゆるトライバル模様の入れ墨が長袖を着ているようにびっしり彫られている。男は、映画監督の夫だろう。俺の夢の中なので、部屋には喫煙室と同じ「アラバマ・ソング」がうっすら流れている。男は、ゆっくり慎重に、墨をつけた針で、彼女の唇の真下に墨を入れていく。刺さるたび、彼女の身体はびくんと反応する。痛いが、顔は動かせない。横っ面を張り飛ばされるからだ。男はかなり集中していて、顔中に汗をかき、それがエリザベスの顔に、ぴちょん……ぴちょん、といったリズムで滴っている。

「休憩だ」

というような意味の言葉を呟いて、男はエリザベスの身体からはなれ、充血した目をこぶしでこすり、テーブルの上のビーフィーターのボトルに手を伸ばす。ところが、もうそこには一滴の酒も残っていない。男は、舌打ちしてボトルを部屋の隅の本棚に投げつけ、財布をGパンの尻ポケットにつっこみ、部屋から荒々しく出ていった。

もう、曲など流れていない。海辺の家には波の音だけが静かに聞こえるばかりだ。裸のエリザベスはラグの上に一人残され、死体のように転がったまま天井を見上げている。その唇には、五センチほどの矢印の形をした、まだ途中の入れ墨。ここから黒々と、下顎まで連なったマオリの伝統的な柄が入る予定だ。エリザベスは少し血の滲んだその矢印を舌で一舐めして、まだこの儀式は始まったばかりなのだと軽く絶望し、そして考えている。夫が酒屋から帰ってきたら、それはもう飲みながら歩いてくるのに決まっている。確実に酔っ払っているだろう。いつものように荒れているだろう。自分の評価が低いと、また暴れるだろう。椅子を投げられ、髪を引っ張られ、窓ガラスを割られる。そして永遠に罵られる。彼を一番評価しているのは私なのに。

どうしよう。どうすれば彼の怒りをなだめられる？

どうすれば、明日また一日を生き延びられる？

カバー写真　大橋仁
装丁　関口聖司
初出「文學界」二〇二一年七月号

著者略歴

一九六二年、福岡県生まれ。一九八八年に「大人計画」を旗揚げする。主宰として多数の作・演出・出演を務めるほか、エッセイや小説の執筆、映画監督、俳優など、その活躍は多岐にわたる。一九九七年、『ファンキー！～宇宙は見える所までしかない～』で岸田國士戯曲賞受賞。二〇〇八年映画『東京タワー　オカンとボクと、時々、オトン』で日本アカデミー賞最優秀脚本賞受賞。二〇一九年、『命、ギガ長ス』で読売文学賞戯曲・シナリオ賞受賞。小説『クワイエットルームにようこそ』『老人賭博』『もう「はい」としか言えない』が芥川賞候補に、最近の書籍に『１０８』『人生の謎について』などがある。

矢印《やじるし》

二〇二一年十一月十日　第一刷発行

著　者　松尾《まつお》スズキ
発行者　大川繁樹
発行所　株式会社　文藝春秋
〒一〇二－八〇〇八
東京都千代田区紀尾井町三－二三
電話　〇三－三二六五－一二一一
印刷所　萩原印刷
製本所　大口製本
ＤＴＰ制作　ローヤル企画

ISBN978-4-16-391462-6